간도진위대

듀이문 대체 역사 소설

# 間島鎭衛隊 간도진우대

[완결]

◇ 10 ◇

행군하는 어느 병사의 입에서 나직이 군가가 흘러나왔다. 일제에 빼앗긴 강토를 되찾기 위한 첫 출정.

그 설렘 때문인지, 그의 노래가 행렬에서 조그맣게 맴돌기 시작하더니 이내 전군으로 길게 퍼져 나갔다.

이윽고, 간도 화룡 골짜기에 간도진위대(間島鎭衛隊)의 군가가 힘차게 메아리치며 한가득 흘러 다녔다.

# 차례

제1장

평양 전투

남북으로 나뉘어 동족 간에 치열한 전투를 벌였던 곳. 시체로 산을 쌓고 피가 강물처럼 흘렀던, 민족의 비극이 켜켜이 서린 미래의 그곳을 지나게 되자 손중섭은 묘한 감회에 빠져들었다.

　아직 겪지 않은, 어쩌면 영원히 마주 대하지 못할 미래건만, 그와 그의 동료에겐 확실히 일어난, 역사의 한 장면으로 각인된 일이었다.

　이곳이 바로 철원이기 때문이다.

　정환교가 그의 어깨를 툭, 치며 그의 상념을 깨어버렸다.

"중섭이, 뭔 생각 하나?"

"아… 네, 선배님. 그냥 묘한 느낌이 들어서 말입니다."

"묘하다? 너 그 생각했냐? 중부 전선?"

"그렇습니다."

"후후, 니나 나나 늙은이들모냥 과거에… 아니지 미래라 해야 하나? 끙, 하여간 맨날 헷갈려. 암튼 지난 일에 매여 살아가는 인간들인 모양이다. 매번 사건들에 장소를 대입하고, 끄집어내서 곱씹어보고. 크크크."

"그도 그렇지만, 13도 의군분들과 지내보니 마음이 짠해지는 것도 있고."

"그렇지……."

"도대체 어떻게 견디셨을까요, 실제 그분들은. 나라를 위해 목숨을 걸고 싸우면서도 분명 승산 있는 전쟁이라 생각하지 못했을 텐데. 그 답답함이나 암울함이 얼마나 컸겠습니까?"

"그래서 매번 주정부의 학자분들이 얘기하잖냐. 이 시대 분들에게 대의와 명분이 어떤 의미인지 이해해야 한다고. 물론 모두 다 그런 것은 아니다만……."

"그렇다 해도 목숨을 걸고 총을 들기란 쉽지 않았을

텐데요."

"글쎄 말이다. 시궁창의 쥐처럼 살아도 내일 빛을 볼 수 있을 거란 희망이 있다면 감내할 수 있겠지. 하지만 그렇지 않다면……."

"지옥이지요, 아무런 희망 없이 고통스런 나날을 반복한다는 건. 우리도 그 지옥을 경험해 보지 않았습니까. 그 참담함이란……."

손중섭의 얘기에 정환교는 그저 묵묵히 고개만 끄덕거렸다. 패배가 예정된 싸움을 목숨을 걸고 한다는 게 어떤 의미인지 이들은 확실히 알고 있었다. 또 이들만큼 처절한 상황에 놓이지 않았더라도 21세기 한국의 젊은이들 삶 자체가 크게 다르지 않았다는 것도.

나아지리라, 극복하리라는 희망이 없이 그저 고통을 감내한다는 건 일상에서 당하는 고문과 다를 바 없는 일이고, 그 삶 자체가 지옥이리라.

"그런 면에서 우리가 좋은 일을 하고 있는 거 아니겠냐? 저분들 얼굴을 봐라."

"맞는 말씀입니다. 저도 내내 느끼고 있었습니다."

간부들은 말할 것 없고, 일개 병사들의 표정에서도 읽을 수 있었다, 정환교가 말한 그 의미를.

13도 의군이 결성된 지 꽤 시간이 지나 이제 오랜 병영 생활과 거듭되는 전투로 지칠 법도 하건만, 그런 고통스런 현실이 만들어낼 법한 구김살을 병사들의 얼굴에서 찾아볼 수 없었다.

같은 상황—실제로 겪어야만 했을 미래의 일과 바뀌어버린 현실에서 벌어진 일—에 놓여 있다 해도 완전히 다른 느낌으로 살고 있는 것이다.

철원 전투에서 대승을 거둔 13도 의군 병력은 천천히 남하하기 시작했다. 물론 간도군 소속 특전대원 일부와 의군 병사 중 정보를 담당하는 조원들은 이미 남쪽으로 양주까지 내려가 적군의 동태를 살피고 있었다.

행군 도중에 새로운 보고가 올라오자 지휘부 간부들이 다시 모였다.

"패잔병들과 연천에 주둔하던 왜적들이 양주의 소요산 서쪽, 이담면 상봉암리 마을 근처에서 후퇴를 멈췄다고 합니다."

"그렇다면……."

"거기서 한성에서 올라오는 구원군과 합류해 방어할 생각인 모양입니다."

정환교와 김두성, 이동휘, 원우상, 이기표 등이 모인

자리.

정환교의 정보 브리핑에 다들 고개를 끄덕거렸다.

양주의 이담면(伊淡面) 지역은 후세에 동두천시로 이름이 바뀌게 된다. 이 시대의 양주군은 엄청나게 넓은 면적을 자랑하는 고을이었다.

의정부시, 동두천시, 양주시, 남양주시, 구리시, 그리고 서울시 북부 지역의 일부가 모두 양주군의 영역이었다. 그중 상봉암리는 50여 호 정도 되는 산촌 마을로, 이곳부터 경원가도의 길이 다시 협로로 바뀌게 된다.

일제 치하, 호구 조사차 이곳을 방문했던 일본인 관리는 이곳이 늘 '폭도가 출몰하는 곳이라 가슴을 졸이며 길을 갔다'는 보고를 하기도 했다. 그만큼 요충지여서 실제로 수많은 의병들이 활약한 곳이기도 했다.

"그리고……."

정환교는 잠시 뜸을 들였다. 이제부터 무척 중요한 얘길 할 것 같은 표정이었다.

정환교의 굳은 얼굴을 보며 의군 장교들이 의아해할 때, 갑자기 정환교가 파안대소를 터뜨렸다.

"하하하! 죄송합니다. 그간 작전상 워낙 기밀을 요하는 내용이라 여러분께 미처 말씀드리지 못한 게 있었습니다."

"허허, 미안하외다. 나 또한 입을 봉하느라 무척 힘들었소이다."

김두성마저 맞장구를 치자 사람들의 궁금증이 절정으로 치달았다.

"어제 시위대가 봉기를 했습니다. 물론 크게 성공했고요."

"오오, 정말이오? 그럼 시위대가 한성의 일본군을 모두 물리쳤단 말이오?"

"아닙니다. 처음부터 그럴 계획은 없었습니다. 어쨌든 그들이 일본군에게 큰 타격을 입히고 이쪽으로 올라오고 있다는 게 중요한 겁니다."

"허허! 그도 좋은 일이구려."

"또 하나, 진짜 중요한 사건이 있었습니다."

"또?"

"폐하께서 시위대의 봉기를 틈타 무사히 간도로 향하셨다고 합니다."

"헉!"

"아……."

"저, 정말이오?"

"그렇습니다."

"허허! 허허허!"

"그게… 잘된 일인가?"

황제의 간도행에 대해 환영하는 이도, 그렇지 않는 이도 있었다. 임금은 어디까지나 종묘사직을 지키고 있어야 한다는 고정 관념 때문이리라. 하지만 내정이 일제에 장악되어 통일된 힘을 발휘하지 못하고 있는 현실을 개탄해 오던 이들은 당연히 환영하고 있었다.

"하여간 지금 시위대 1개 연대 병력과……."

정환교는 이쪽으로 오고 있는 두 무리에 대해 자세한 설명을 곁들였다.

"그럼 우린 어찌해야 하오?"

"지금 적 2개 대대 병력이 소요산 근처에 거의 도착했다고 합니다. 이들의 임무는 아마 우리 군의 남하를 저지하는 것일 테지요."

"흠, 그도 그렇겠소. 한성에서 난리가 났지, 함경도와 평안도에서 우리 군이 밀고 내려오고 있으니."

"그래서 우리가 해야 할 임무는 단 하나입니다. 시위대와 황태자 전하께서 안전하게 평강까지 갈 수 있도록 이곳을 사수하는 겁니다. 사생결단을 해서 적을 토벌하는 게 아닌……."

"흠, 아쉽구려. 올라오는 놈들도 충분히 상대할 수 있는데 말이오. 우리 병력이 훨씬 많지 않소?"

"그렇긴 합니다만, 어쨌든 일차적인 전략 목표를 달성한 후에나 생각해 볼 일입니다. 그리고 시위대와 황태자 전하 일행은 이쪽으로 오지 않고 포천 쪽으로 우회해 철원으로 들어올 겁니다."

"허허, 그러니까 우리가 여길 소란스럽게 만들어서 적의 이목을 집중시키자?"

"그렇습니다. 그래서 우리 병력의 대부분은 이곳에서 적의 움직임을 막고, 일부 병력을 빼내 포천 쪽으로 마중나가야 합니다. 적에게 들키지 않고 남하해야 하니, 산을 잘 타는 분들로 가려 뽑아서 보내야 할 겁니다."

"알겠소."

"자, 그럼 우린 여기서 진지를 구축해 적을 견제하도록 하겠습니다. 그리고 우리 간도군 교관들과 일부 병사들은 조금 더 남쪽으로 내려가 지금 올라오는 놈들에게 환영의 선물을 주고 오겠습니다."

"환영의 선물?"

"하하! 우리가 무시무시한 무력을 보유하고 있단 사실

을 깨닫게 해줘야죠."

"그럼 지키기만 하는 게 아니란 말이오?"

"방어만이 아니라 방어를 하는 게 임무지요."

"아! 허허! 허허허!"

"그러고 보니… 그렇게 되네?"

"참나, 가끔 간도군 교관들은 말장난을 좋아하는 것 같단 말이야."

"그러게 말이오. 허허허, 그래도 난 재미있어 좋소."

이기표 대대장은 호탕하게 웃었다.

*          *          *

다음 날, 간도 주정부는 정식으로 황제와 상견례를 하는 자리를 가졌다. 황제에게 환영의 예를 표하면서 주정부 각료를 소개하는 자리를 만든 것이다.

황제는 자신에게 인사를 올리는 간도의 관료들에게 수많은 질문 공세를 퍼부었다. 그간 한성에서 상상했던 것들에 대해, 간도에 대한 정보를 접할 때마다 그 일을 하고 있는 인물에 대해 너무나 궁금한 게 많은 탓이었다.

해당 각료의 전문 분야는 물론이고, 개인 신상에 대한

질문도 계속 이어졌다. 덕분에 사람들은 한참 동안이나 진을 빼야 했다.

특히 여성 부장들이나 기술 관료들에게 많은 관심을 보이는 황제였다.

"호오, 의학 박사라고 했소?"

"그렇사옵니다."

이수진 사회복지부 부장은 공손히 대답했다. 그러다 그녀는 자신의 말투가 어색하다 느꼈는지 살짝 얼굴을 찡그렸다.

"그런 어려운 공부를 마쳤다니, 장한 일이로고. 그래, 본관은 어찌 되오?"

"네, 본관은… 경주 이가입니다."

"허허, 그렇소? 그럼 어느 파요?"

황제의 호기심은 끝이 없었다. 부장들의 업무는 기본이요, 출신 성분까지 일일이 캐물었다. 이는 황제의 습관이기도 했다.

황제의 호기심 덕에 부장들은 진땀을 흘려야 했다. 특히 조상 운운 부분은 사전에 암기한 것—이 시대에 맞게 조작된—을 풀어놓아야 했기 때문이다.

"도시공학은 어떤 학문이오?"

"호오, 놀랍소이다! 지질학이라… 땅속을 탐구하는 학문이 있다니."

확실히 황제는 선입견이 없었다. 관료들이 젊다든지 여성이라는 것 등에 대해 전혀 거리낌이 없어 보였다. 어쩌면 선행 학습의 결과인지도 몰랐다.

한참의 시간이 흐른 뒤에야 황제는 오랜 시간 끌었던 질문 공세를 마무리 지었다. 그는 특유의 비상한 기억력을 발휘해 오늘 이 자리에 있던 이들의 신상명세서를 머릿속에서 완성했을 것이다.

"여러 신료들을 이리 직접 마주 대하니 짐의 기쁨이 한량없소이다. 짐이 그토록 원하던 그 신하들이 모두 여기 모여 있었소이다. 허허허, 이제 아국의 밝은 앞날이 보이는 듯하오."

황제는 '시세의 대국에 몽매한 자는 그 문장이 고금을 능가한다 해도 하나도 쓸데없다'고 입버릇처럼 말했다. 그가 원했던 신하는 시대의 흐름을 볼 줄 알고, 현실에 도움이 되는 기술과 지식을 가진 이였다.

그런 그가 간도 자유주의 각료들을, 자신의 이상과 딱 들어맞는 인물들을 만났으니, 이제 꿈을 이룬 것과 진배없었다.

"마지막으로 군부에서 현재 전투 상황을 보고 드리겠습니다."

"오, 어서 얘기해 보시오."

"네, 폐하."

장순택은 차분하게 작전 상황을 보고해 나갔다.

보고를 듣는 내내 황제의 얼굴은 희색이 만면했다.

"허허, 그럼 이번에 왜적들은 거의 세 개 사단 정도의 병력을 잃게 된 것이오?"

"그렇습니다. 연해주 1개 사단, 함경도 1개 사단, 그리고 평안도와 서부의 만주 전선을 합쳐 1개 사단 정도의 병력을 잃게 될 겁니다. 아니, 지금 거의 그렇게 되고 있습니다."

"허허, 사만이 넘는 왜적을 죽이거나 사로잡았다니, 짐의 생전에 이런 경사가 있을 줄 누가 알았겠소?"

감개무량한지 황제의 낯빛이 벌겋게 달아올랐다.

"장하도다! 짐과 이 나라를 그토록 괴롭혔던 왜적들 아니던가! 범과 같다던 러시아 군대도 이긴 일본군인데, 그대들은 어린애 손모가지 비틀 듯 이기는구려."

"황공하나이다, 폐하!"

"모두 들으시오."

"예, 폐하!"

"본시 정식으로 조회를 열어 발표를 해야 하겠으나, 오늘 모일만한 사람은 다 모였으니 이 자리에서 짐이 칙령을 내리겠소."

"예?"

"아… 예, 폐하!"

각료들은 뜻밖의 얘기에 의아한 표정을 지었다. 사전에 서로 아무런 교감이 없었기 때문이다.

"풍전등화의 위기에 빠진 이 나라를 구한 그대들의 공로를 어찌 일설로 형언할 수 있겠소. 이에 간도 자유주 모든 신료의 지위를 대한제국 정부에서 정식으로 승계할 것을 선언하는 바요. 따라서 오늘부터 각 부장들은 대신의 직함을 얻게 될 것이오. 또한 간도 자유주 주지사 태진훈을 참정대신으로 임명해 행정 업무를 통섭하도록 하겠소."

"아… 감사합니다, 폐하!"

"황은이 망극하나이다."

"또 황실 업무를 맡는 조직은 꼭 필요하니, 한성 정부의 예를 따라 주정부의 조직에 궁내부를 추가해 남쪽에서 오고 있는 최병주를 궁내부 대신으로 임명할 것이오. 어뎋게 생각하시오?"

"폐하의 뜻대로 하옵소서."

"허허, 고맙소."

황제는 얼굴에 잔뜩 미소를 머금고 있었다. 이후에도 황제는 거침이 없었다.

"그간 주정부에서 행한 모든 정책과 인사 등에 대해 황제로서 모두 추인하는 바요. 그러니 하던 일을 그대로 행하도록 하시오. 후일 정식으로 법전을 선포하고 다시 정부를 개변할 때까지 그리합시다. 하지만 외교와 군사에 대한 국사만큼은 꼭 짐과 상의해 주었으면 하오."

"마땅히 그리해야 할 일이옵니다, 폐하."

"지금 사방에서 전쟁을 치르고 있으니, 우리도 최선을 다해 전장에 나가 있는 장병들을 뒷받침해 줍시다."

"알겠습니다, 폐하."

황제는 그간 준비한 말들을 이 자리에서 모두 쏟아냈다. 그는 만기를 친람하던 전제군주였다. 그런데 오늘 보인 모습은 그게 아니었다. 마치 '너희들이 알아서 하라'라는 듯한 어감도 진하게 배어 있고, 실제로 행정을 각료들에게 일임하겠다는 칙령도 내렸다. 확실히 한성에서 오랫동안 고민한 문제에 대해 황제는 얼핏 의향을 내비친 걸로 보였다.

그는 모든 말을 마치고 나서 주정부 관료들의 표정을 살폈다. 그들의 얼굴에 미소가 배어 있는 걸 보니 황제의 조치가 매우 마음에 든 듯했다.

*　　　　*　　　　*

꽈광! 꽝! 쿠우웅!

남쪽으로 마중 나온 정환교 부대 덕분에 일본군은 큰 피해를 입었다.

정환교는 소수 부대를 이끌고 멀찌감치 떨어진 곳에서 적 2개 대대 병력을 향해 박격포 세례를 퍼부었다. 적들은 어디서 날아오는지도 모를 포탄에 속수무책으로 당했다.

아직 양주 북쪽의 진지에 다다르지도 못한 상황에서 기습을 허용한 일본군은 허둥지둥 몇 킬로미터를 후퇴했다. 덕분에 일본군의 양주 저지선을 구축하는 일도 더 늦어지게 되었다.

한편, 그보다 남쪽의 인왕산에서도 다시 치열한 격전이 펼쳐지고 있었다. 산속으로 들어간 시위대원을 일본군

이 추격해 온 것이다. 이제 이민화 참령의 대대마저 인왕
산으로 들어왔다.

인왕산에 일시적이나마 일본군과 시위대 간에 전선이
형성되었다.

탕! 탕! 타탕!

시위대 병사들은 이를 악물고 싸워 나갔다. 벌써 여러
전우를 잃은 상황이다.

그간 저놈들의 등살에 얼마나 시달리고, 눈꼴사나운
일을 얼마나 많이 겪었던가!

그들은 단 한 놈의 일본군이라도 더 잡겠다는 각오로
열심히 방아쇠를 당겼다.

"어라? 놈들이……."

"와! 놈들이 도망친다!"

"자꾸 죽어 나가니 견딜 수가 없었겠지. 하하하!"

거세게 공격을 퍼붓던 일본군이 갑자기 뒤로 돌아 후
퇴하자 병사들은 더욱 사기가 올랐다.

"모두 사격 중지! 자 모두 현 위치를 고수하고 적들을
경계하라!"

"네, 대대장님!"

박승환 대대장은 탄약도 아낄 겸 곧바로 사격 중지 명

령을 내렸다.

"허허, 놈들 악귀같이 달려들 때는 언제고, 이제 와서 꽁무니를 빼다니."

박승환 참령도 병사들과 똑같은 반응을 보인다.

"아무래도 지형적으로 현저히 불리한 상태인데다 희생자가 많이 나서 후퇴한 모양입니다. 하지만 놈들이 작전상 후퇴했을 가능성도 있습니다. 포병이 도착하면 분명 다시 덤벼들 겁니다."

"흠, 맞는 말이오. 포와 기관총을 잔뜩 끌고 온 후에 싸울 생각일 것이오."

박승환은 정종한의 말에 이내 동의했다.

"놈들이 다시 접근해 오면 그때 전선을 물려야 합니다. 이렇게 싸우고 후퇴하고… 이런 방식으로 북한산 쪽으로 계속 이동하다 황태자 전하 일행과 만나면 곧바로 포천 쪽으로 방향을 잡아야 할 겁니다."

"알았소."

시위대원들은 잠시 짬이 나자 자신의 주소지가 적힌 종이와 가족에게 보내는 편지를 특전대원들에게 넘겨주었다. 정종한은 그 서류를 모두 수거해 한성에 남아 있는 정재관에게 전달할 예정이었다. 그러면 제국익문사 요원들이 이 편지를 가족에게 전해 줄 것이다.


한편, 황태자와 민우 일행을 쫓는 일본군과의 교전 또한 계속 치열하게 전개되고 있었다. 특전대원들의 치고 빠지기식 작전 때문에 수많은 희생자를 냈음에도 일본군의 추격은 매우 집요했다.

저들은 아직 한 번도 상대를 목격한 적이 없었다. 그저 어디선가 날아온 총탄에 당하고, 함정을 건드렸다 폭사당할 뿐이었다. 그럼에도 이들이 끈질기게 따라붙는 것은 이 정체 모를 적들이 황제를 호위하고 있다 판단했기 때문이다.

하지만 일본군의 추격 속도는 현저히 느려져 있었다. 특전대원들의 공격 패턴이 워낙 변화무쌍해 섣불리 추격할 수 없었기 때문이다.

적과 거리를 충분히 벌였다 판단되자 경정민은 선두의 민우를 찾았다.

"이제 거의 다 온 것 같은데, 선발대를 보낼까?"

"좋습니다. 그럼 몇몇 대원과 제가 가보겠습니다."

"좋아, 그럼 우리 팀원 다섯을 붙여주지. 그런데 송 주사와 최란 씨도 같이 가는 게 좋지 않을까? 아무래도……."

경정민은 산속에서 만나게 될 두 무리가 서로 적으로 오인해 싸우는 일을 걱정한 모양이었다. 여성인 최란과 발이 넓은 송선춘이 동행한다면 그런 일을 미연에 방지할 수 있을 거라 생각했다.

경정민의 의도를 못 읽을 민우가 아니었다.

"알겠습니다. 그럼 황태자 전하 일행은 팀장님이 호위하겠습니까?"

"그게 나을 것 같군. 뒤의 두 팀만으로도 충분히 적을 뿌리칠 수 있으니."

민우는 송선춘과 최란, 특전대원들과 더불어 인왕산 쪽으로 빠르게 길을 갔다.

"란이도 생각보다 산을 잘 타네?"

"호호, 훈련 덕이에요. 특전대 오라버니들이 많이 애써주셨죠."

"오라버니?"

민우는 고개를 돌려 대원들을 째려보았다.

그중 한 대원이 싱긋 웃더니 먼 산으로 시선을 돌리며 한마디 쓱 던졌다.

"사실이 그렇지 않습니까? 연배도 그렇고."

"하여간, 사내란 작자들은."

"허허, 맞는 말 아닌가. 오라버니는 오라버니지. 그런데 자넨 왜 그리 신경 쓰는가?"

송 주사가 알 듯 모를 듯한 미소를 머금으며 슬그머니 대원들 편을 들었다.

"내가 뭘! 그냥 그렇다는 얘기지."

특전대원들은 이 시대에서 만난 아리따운 여성에게 '오라버니'란 소리도 들어본다는 게 마치 사나이의 로망이라 생각한 모양이었다. 그들의 능청스런 웃음 속에서 그런 느낌이 확연히 전달됐다.

"이 인간들, 빨리 장가를 보내든지 해야지."

그때, 앞장 서 가던 대원이 손을 급히 말아 쥐었다. 정지하란 뜻이었다.

잠시 후, 두런두런 말소리와 함께 발걸음 소리가 들려왔다. 선두에 섰던 대원은 이내 시위대원들임을 알아챘다.

시위대원들도 곧 이쪽 일행의 존재를 알아챈 모양이었다.

"거기! 뉘시오?"

"아, 시위대 군인들이셨구려. 송선춘이라 하오. 지금

황태자님을 뫼시고 온⋯⋯."

"충! 시위대 2연대 1대대 소속의 임시 중대장 참위 남상덕입니다."

20대 중반의 젊은 장교였다. 민우는 급히 머릿속에 있던 시위대 장교 목록을 떠올렸다.

"남상덕… 아아, 반갑습니다. 전 고민우라 합니다, 간도에서 온."

"아, 그러셨소. 그럼 황태자 전하 일행은 어디에 계시오?"

"조금 기다리면 오실 겁니다."

"후우, 그럼 다행히 우리가 늦지 않았나 봅니다. 적은 어디 있습니까?"

"우리 간도군 군관들의 매복에 걸려 한참 뒤에서 허우적대고 있습니다."

"허우적? 하하, 그럼 정말 잘된 일입니다. 전 당장 큰 사달이 난 줄 알고 급하게 왔소이다."

남상덕(南相悳)은 견습 참위였다. 기록을 보면 1903년 참위로 임관했지만, 시위대에 소속될 당시에는 견습 참위였다.

민우는 남상덕을 만나자 묘한 감회가 일어났다. 어쩌

면 1년 뒤에 오늘의 일이 벌어졌으면, 그리고 역사의 흐름이 바뀌지 않았다면, 남상덕은 1년 뒤 장렬하게 순국하게 된다.

시위대의 봉기 당시 시위대 해산에 반대하고 반일 시위에 가담할 계획을 세웠다는 이유로 그의 대대장인 이기표가 해임된다. 그리고 시위대 해산식 당일 중대장 중의 최고참인 정위 오의선(吳儀善)은 박승환과 마찬가지로 칼로 자결했다. 결국 그날 2연대 1대대의 봉기를 이끈 건 견습 참위에 불과한 남상덕이었다.

남상덕은 옆 병영, 1연대 1대대장 박승환 참령의 자결 소식을 접하자 병사들에게 이렇게 외쳤다 한다.

이때 남상덕은 박승환이 자결한 것을 보고 큰 고함 소리로 외치기를, '박공과 함께 죽을 사람이 누구냐?'고 하자 모든 병사들이 일제히 소리치기를, '죽겠습니다'고 하므로 남상덕은 그들을 지휘하여 병영을 나왔다.

— 매천야록

남상덕은 용맹하게 싸웠다. 일본군과 벌인 교전에서 적 중대장인 가지하라[梶原]—러일전쟁의 영웅이라 불린—를 사살하는 전과를 올리기도 했다.

하지만 결국 이날 남상덕은 총상을 입고 순국하게 된다. 이때가 그의 나이 스물일곱이라 했다.

잠시 후, 황태자 일행에 시위대가 합류했다.

그러자 경정민은 새로운 제안을 했다.

"고 국장, 놈들을 계속 꼬리에 붙이고 가자니 찜찜해서 말이야. 어때?"

"좋습니다. 꼬리를 완전히 끊고 가죠. 저도 참여하겠습니다."

"좋아, 남 참위 생각은 어떻습니까?"

"당연한 일입니다. 적을 앞에 두었는데 군인이 어찌 싸움을 마다하겠습니까?"

남상덕은 병력을 반으로 나눠 반은 황태자 일행을 호위하게 하고. 나머지는 일군과 교전을 하기로 했다.

"오라버니, 저도 싸우겠어요."

"그래?"

민우는 최란의 눈에서 어떤 의지를 읽었다.

"좋아!"

경정민은 넓게 포위망을 쳤다. 아울러 적의 배후를 끊고자 팀 하나를 후방으로 보냈다. 이윽고 적이 눈앞에 보이자 숲 속에 매복해 있던 시위대와 특전대원들이 일제히 사격을 시작했다.

최란도 그렇고, 최란 덕에 얼떨결에 같이 전투에 참가한 송선춘도 열심히 권총의 방아쇠를 당겼다. 이미 현저히 줄어 있던 적 병력은 결국 숲 속에서 기습을 당해 모두 몰살을 당하고야 말았다.

*          *          *

홍범도 연대의 전투 방식은 다른 부대와 조금 색다른 면이 있었다. 연대장인 홍범도 특유의 기질이 전투 방식에도 나타난 것이다. 화력의 우위를 바탕으로 주력을 정면에 세우고 화력을 집중시켜 적의 본진을 치는 건 홍범도의 연대도 다른 부대와 다를 바가 없었다. 하지만 그는 좌우익 부대를 능수능란하게 운영했다.

역동적이면서도 기민한 움직임을 바탕으로, 적의 측면으로 부대를 빠르게 전개해 파도처럼 적을 몰아붙였다. 마치 호랑이를 사냥하듯, 적이 도망칠 만한 곳에는 사격술이 뛰어난 부대를 배치해 어김없이 길목을 막았다. 그리고 유명규 부위가 지휘하는 13도 의군의 안변 지구대가 적의 마지막 퇴로까지 가로막으니 결국 살아남은 적은 모두가 항복하고야 말았다.

이로써 오랜 기간 일본군에게 유린되었던 원산이 온전히 대한제국의 품 안으로 들어오게 되었다.

"붙잡힌 왜놈들을 모두 이쪽으로 모으거라."

홍범도는 우렁찬 목소리로 병사들을 지휘했다.

"자자, 전장 정리가 끝나고 나면 술을 내어줄 테니 모두 서두르거라!"

"와아! 술이란다!"

"네! 연대장님!"

"자식들, 그간 꽤 술이 고팠나 봐?"

홍범도의 미소만 보아도 지금 병사들의 사기가 얼마나 고조되었는지 알고도 남았다.

이제 모든 전선의 상황이 조금씩 정리되기 시작했다.

함경도 전선은 홍범도 연대의 원산 전투를 끝으로 이제 완전히 일본군을 몰아낸 상태였다.

얼마 전, 단천에서도 요란한 전투가 있었다. 적 13사단 패잔병들을 계속 추격한 2사단 4연대 병력과 해병대 1연대 병력, 그리고 단천을 틀어막은 5연대 일부 병력이 꽤 큰 규모의 적 병력과 일대 교전을 벌인 것이다. 결국

13사단장 하라구치는 전사했고, 적의 대부분은 사살되거나 포로가 되었다.

하지만 이 전투에서 산악 지대로 도망친 패잔병들이 문제였다. 앞으로 모든 전선에서 발생할 문제가 여기서 나타났다. 부대와 부대가 집단으로 싸우는 전투에서 거의 나오지 않던 사상자가 잔적을 소탕하는 과정에서 꽤 많이 발생한 것이다.

결국 수십 명의 사상자를 낸 끝에 일본군을 완전히 정리했지만, 이 피해는 무척 뼈아픈 일이었다. 또 이런 일이 앞으로 계속 발생하지 말란 법도 없었다.

후일담이지만, 이 일로 산악전에 특화된 특전대의 양성을 더 이상 미뤄선 안 된다는 의견도 나왔다. 다른 부대와 달리 특전대는 아직 충원을 하지 못하고 있었다. 그러다 보니 영관급 장교가 팀의 막내 역할을 하는 진풍경이 벌어지기도 했다.

사령부는 함경도의 전투가 완전히 종결되자 급히 부대 배치 형태에 변화를 주었다. 동청 철도와 연해주 쪽의 러시아 국경을 지키는 임무를 맡은 6사단의 병력 중의 일부를 연추에 추가로 배치했다. 이제 6사단은 간도 영토의 동부와 북부 국경을 온전히 책임지게 되었다.

그리고 연추 전투를 마친 1사단은 전체 병력을 남하시
켰다. 이제 1사단은 한반도의 동부 전선을 지키는 임무를
맡게 될 터였다. 사령부는 평강을 비롯해 강원도 산악 지
대에 이르는 지역을 편의상 동부 전선이라 불렀다.

물론 1개 사단 병력으로 이 긴 전선을 지킨다는 건 당
연히 어불성설이었다. 그래서 경원가도 주변 지역에 1사
단 병력을 집중 배치하되, 다른 곳은 13도 의군이 담당
하기로 했다.

＊　　　　＊　　　　＊

간도군 3사단이 담당하는 평안도 전선은 건곤일척의
승부를 남겨두고 있었다. 급하게 올라온 일본 육군 6사
단 소속의 1개 연대 병력은 평양에 이르자 더 이상 북상
하지 않고 견고한 방어 진지를 구축했다.

이미 평안북도의 대부분은 간도군의 수중에 떨어진 상
황이었다. 평양 근처에도 간도군 1개 연대 병력이 진주해
호시탐탐 평양을 노리고 있으며, 청천강을 따라 그 이남
지역을 점령하며 내려온 또 하나의 연대 병력이 안주를
친 후 남하하고 있다는, 일진회 밀정과 패잔병을 전언을

듣고 일본군 지휘부가 선택한 결과였다.

물론 평양을 사수하는 게 힘든 일이지만, 조금만 버텨 주면 삼남 지방에서 활동하던 6사단 소속의 1개 여단 병력이 뒤따라 올라올 것이란 기대감에 그런 결정을 내렸다.

이제 평안남도 곳곳에 주둔하고 있던 소수 한국 주차군 소속의 수비대 병력과 헌병대 병력도 주둔지를 버리고 나와 평양으로 집결하고 있었다.

덕분에 의주와 용암포를 거쳐 해안선을 따라 내려가던 2연대 병력과 영변을 거쳐 정주를 점령한 3연대 병력은 청천강을 건넌 후 평양까지 별다른 적의 저항 없이 진군할 수 있었다.

간도군 제3사단은 점령지에 병력을 남겨두지 않고 내려왔다. 그 빈자리를 묘향산 지구대와 곡산 지구대 소속의 13도 의군이 메워줬기 때문이다. 그래서 간도군은 온전한 1개 사단 병력으로 평양을 공격하게 되었다.

일본군이 먼저 도착해 방어 진지를 꾸리고 있는데다 대규모의 의군이 근처까지 당도했다는 소식이 전해진 평양 시내.

시민들은 며칠 전부터 짐 보따리를 싸기 시작했다. 간

도군 병력이 도착한 후에도 피난민의 발길은 끊어지지 않았다.

"조금 기다릴까?"

"아무래도 그래야 할 것 같습니다."

2연대장 박강민 대령이 답했다. 이 자리엔 네 개 연대의 연대장이 모두 모여 있었다. 3연대장 강환일 대령을 비롯 11연대장 공도혁 대령과 17연대의 주창진 중령의 모습도 보인다.

"좀 아쉽군. 시간이 갈수록 놈들의 진지는 더 단단해질 텐데."

3사단장 송상철은 입맛을 쩍쩍 다셨다. 아무리 중요한 군사작전이라도 민간인의 피해를 최소화해야 한다. 하지만 시간이 갈수록 적은 유리한 입장에 서게 된다.

"적 규모가 1개 연대에 1개 대대 정도가 추가된 정도라 했지?"

"그렇습니다. 아무리 많이 잡아도 그 정도일 겁니다."

"그래? 흠, 일단 지도나 꺼내 와봐."

송상철은 다시 지도를 뚫어져라 바라보았다. 그러다 그가 지도 위 어느 한 지점을 손가락으로 톡톡, 두드렸다.

"결국 승부처는 여기겠지."

그가 짚은 곳은 모란봉이었다. 평양에서 가장 전망이 좋다는 모란대. 그렇다면 이곳이 바로 요충지란 뜻이 되기도 했다.

"그렇습니다. 놈들은 아마 여기에 포대를 설치할 겁니다."

"자칫하다 최승대나 부벽루까지 다 불타겠는걸?"

"흠……."

"자, 그럼 주창진이와 공도혁이 여길 맡으라고. 비록 수가 적지만, 적이 유리한 지형을 점하고 있으니 충분한 전력을 투입해야지."

"네, 알겠습니다."

"그리고 박강민과 강환일은 각기 북쪽과 서쪽에서 적을 압박하다가 여차하면 확 뚫어버려! 그럼 배후가 털린 적들이 혼란에 빠질 테니까."

"하하, 알겠습니다. 아예 뚫어버릴 생각으로 공격하겠습니다. 기껏해야 1개 대대가 성문을 중심으로 방어에 나설 텐데, 그게 뭐 어렵겠습니까?"

"자신감 갖는 건 좋은데, 희생자가 나지 않는 게 더 중요하단 걸 잊지 말라고."

"넵, 알겠습니다!"

회의가 끝나자 연대장들은 각기 자신의 부대로 돌아갔다.

그사이 역시나 적은 모란봉에 진지를 구축했다. 송상철은 연신 주변을 살피며 공격 시점을 쟀다.

작전 참모가 조용히 의견을 냈다.

"사단장님, 더 늦으면 곤란할 것 같습니다."

"그렇지? 그럼 각 연대에 즉시 공격하라고 연락해."

사단장의 명령에 따라 드디어 공격이 시작됐다.

역시나 포격전이 전투의 시작을 알렸다. 수많은 포탄이 일본군 집결지를 향해 날아갔다. 특히 모란봉엔 두 개 연대 병력이 화력을 집중시켰다.

적도 대응사격을 한다고 모란봉에서 산포를 쏘아댔지만, 박격포의 사거리가 훨씬 길고 병력 또한 적의 사거리 밖에 포진하고 있어 어림없는 공격이었다.

"크크, 놈들… 아주 약이 바짝 올라 있을 거야. 우리 공격은 턱턱 먹히고, 지들은 아무도 없는 허허벌판을 때리고 있으니."

"그뿐이겠습니까? 우리 포는 보이지도 않을 겁니다.

놈들 눈엔 그저 갑자기 포탄이 날아와 터지는 것만 보이겠죠."

"이래서 전쟁은 무기 성능이 좌우한다니까."

주창진은 적진에 가서 터지는 포탄의 궤적을 확인하고 연신 웃음을 지었다.

"일단 적 포대가 무력화되면 천천히 병력을 접근시키라고."

"네, 알겠습니다!"

"후후, 우리가 모습을 드러내고 접근하기 시작하면…놈들, 엄청 살 떨릴 거다."

그의 말대로 간도군은 확실한 수적 우위를 점하고 있었다. 사실 이번 전쟁 내내 단위 전투에서 간도군은 적과 대등하거나 압도적인 병력 우위를 보이고 있었다. 화력도 우세한데다 병력까지 많으니 이처럼 희생자가 적었던 것이다.


주창진의 17연대 병력은 대동강과 나란히 강변 쪽 능선을 타고 모란봉으로 접근하기 시작했다. 또 공도혁 중령의 11연대는 모란봉의 북쪽을 맡았다.

병사들은 일정 거리에 이르자 다시 모란봉을 향해 맹

렬히 사격을 가하기 시작했다. 그 와중에도 박격포는 여전히 적진을 향해 포탄을 떨어뜨렸다.

일본군은 엄청난 피해를 당하고 있었다. 급히 만든 진지라 유개호가 없었다. 산비탈에 참호 정도만 파고 자리한 터라 쏟아지는 포탄과 기관총 세례에 병력들은 고개조차 들 수 없었다. 그러다 포탄이 참호에 명중하면 그저 죽는 수밖에 없었다.

적의 반격이 거의 없다시피 하자 주창진은 바로 능선을 오르라고 지시했다. 그간 어려운 전투 없이 승승장구해 왔던 병사들에게 이는 조금 살 떨리는 경험이었다.

적이 언덕 위에서 자신을 내려다보며 사격하는데 고지를 올라야 한다니. 그제야 병사들은 방탄 헬멧이 얼마나 소중한지 깨닫게 되었다. 시키지도 않았는데 고개를 숙인 채 납작 엎드려 고지를 기어오르기 시작했다.

병사들의 선두가 어느 지점까지 오르자 박격포 사격이 멈췄다. 아군이 맞을 위험성이 있어 사격을 중지한 것이다.

"K—11 사수! 유탄발사기 사수! 유탄 발사!"

각 중대장의 명령에 해당 사수들이 적 참호 쪽으로 유탄을 발사했다.

펑! 펑! 퍼펑!

"으악!"

"아아악!"

아직 살아남은 적 병사들이 유탄에 당한 모양인지 온 갖 비명 소리를 쏟아냈다. 이어서 소총과 기관총의 엄호 사격이 쏟아지는 가운데 병사들은 수류탄을 투척하기 시 작했다

이렇게 모든 안전 조치를 취한 후, 병사들은 다시 언덕 을 기어오르기 시작했다. 가끔 적의 산발적인 반격이 있 었지만, 모두가 눈먼 공격이었다. 쏟아지는 총탄 세례에 적은 고개를 들지 못했다. 그래서 총을 든 손만 참호 밖 으로 내놓은 채 쏘아대고 있었다. 또한 볼트 액션식 소총 이라 탄환의 발사 간격도 상당히 느렸다.

타타타탕! 타탕!

"으악!"

나름 모범을 보인답시고 용감하게 참호 위로 고개를 내민 일본군 장교가 기관총에 의해 그대로 벌집이 되어 쓰러졌다. 그 이후 더 이상 그런 용감한 행동을 보이는 이는 나오지 않았다. 어쩌면 적 장교들 대부분이 그렇게 죽어갔는지도 모른다.

그 모든 상황을 지켜보던 주창진은 때가 되었다 판단하자 바로 돌격을 명했다.

"돌격! 앞으로!"

"와아!"

병사들은 벌떡 일어나더니 우렁찬 고함 소리와 더불어 거리가 얼마 남지 않은 적 참호를 향해 뛰어 올라갔다. 그제야 소수의 적 생존병들이 참호 위로 고개를 내밀었지만, 내미는 족족 사냥당할 수밖에 없었다. 전방을 주시하고 달리는 병사의 눈에 제일 먼저 눈에 띄는 게 적의 머리였기 때문이다.

"윽!"

가끔 한두 명의 간도군 병사도 적의 총탄에 당하기도 했다.

하지만 개전과 동시에 쏟아부은 엄청난 물량 공세에 당한 덕분인지 일본군은 변변한 반격조차 못했고, 결국 간도군은 모란봉을 손쉽게 점령했다.

최승대에 오른 주창진은 시내의 전투 상황을 살펴보았다. 역시 다른 곳의 전투는 일찌감치 끝나 있었다. 성문이나 적 진영이 있던 곳마다 태극기가 게양되어 있었다. 북쪽과 서쪽에서 진입한 간도군들은 병력 우위를 앞세워

적의 방어선을 간단히 뚫어버리고 적의 병영까지 모조리 점령했다.

"후, 크흐! 역시 전투 후에 피는 담배 맛은 언제나 일품이라니까."

"하하, 그럼 나도 한 대 줘봐라."

"앗! 충성! 공 대령님."

공도혁도 최승대에서 보는 경치가 천하일품이란 얘길 들은 모양이다. 치열했던 전장의 분위기와 다르게 대동강 물은 고즈넉이 흐르고 있었다.

"이곳에서 보는 전망이 가장 좋아서 최승대라 했다고?"

"그렇다고 들었습니다."

"후우, 정말 괜찮군."

"그런데… 이제 정말 전투가 끝난 겁니까?"

"그렇다는데? 물론 당분간이겠지만."

"쩝, 이 기세로 쭉쭉 밀고 내려가면 한성은 물론, 부산까지 가능할 텐데 말입니다."

"왜? 아쉽나?"

"그렇습니다."

"그러면 안 되는 거 알지?"

"이해는 합니다만……."

이들의 대화 내용이 의외였는지 옆에서 이들의 대화를 듣는 부관들—그들 대부분은 도래인이 아니었다—은 의아한 표정을 지었다.

"더 내려가면 당연히 큰 탈이 나지. 우리 간도가 모을 수 있는 병력이나 버텨낼 수 있는 보급 능력은 여기까지야. 없는 힘 쥐어짜 이 정도 전력을 만들었는데, 이 상태에서 확전을 하기란 여간 부담스런 일이 아니지. 한계 상황에서 적 대군과 마주하게 되면 아무리 간도군이라 해도 버텨낼 재간이 없을 거야. 최소 열 개 사단 정도는 더 늘어나야 만주 전선도 지키고 남쪽으로 밀고 내려갈 수 있지 않을까?"

"어쩔 수 없군요."

"그뿐만이 아냐. 주정부 사람들이 가장 크게 걱정하는 건 적도 적이지만, 피아가 불분명하다는 점이라고 해."

"아! 그 친일 매국노 새끼들 말입니까?"

"그렇지. 게다가 삼남 지방의 고리타분한 양반 유생들이 과연 우리를 반길까?"

"아, 그렇군요."

"다행인 건지 불행인 건지, 그런 자들 상당수가 친일

파로 변신해 갈 거라 하더라고. 그런 양상이 무르익으면 이제 바로 그들이 적이 되는 거지."

"하하, 모든 게 이해됩니다. 복잡하니까 단순하게 만들자, 문제와 문제들이 얽히게 하여 곪아 터지게 만들자."

"크크, 보기보다 똑똑하네?"

"아이구, 이거 왜 이러십니까? 저도 공부할 만큼 했다고요."

"아, 그랬나? 당최 그렇게 보여야 말이지."

"팔자려니 해야지 말입니다. 그런 얘기 하도 들어서."

"하여튼 지금 함경도와 평안도는 난리가 났을 거야."

"네?"

"평안도는 13도 의군들이, 함경도는 해병대와 후속하는 치안대가 나서서 각 고을의 친일 부역자 놈들을 색출할 거거든."

"하하, 그거 참 듣기만 해도 시원하지 말입니다."

"단순히 부역했던 일진회 회원 놈들부터 각 군의 군수와 면장… 뭐, 그런 놈들이 다 대상이 될 거라나."

"그럼 그놈들은 다 잡아 죽인답니까?"

"글쎄? 내 생각엔 노역을 시킬 것 같은데? 죄질이 중한 놈은 거의 평생?"

"하하, 저 같으면 차라리 죽는 게 낫겠습니다. 노역만 하는 게 아니라 놈들 집안 자체가 친일파로 찍혀 얼마나 경멸당하며 살겠습니까? 대를 이어 자식들도 그런 멍에를 지고 살아가야 한다는 거… 그거, 살아도 사는 게 아니지 말입니다."

"후후, 내 생각도 그래. 그러니 얼마나 좋은 처벌이야. 평생 고된 노역도 해야 하지, 또 죽을 때까지 버러지처럼 멸시당하며 살아야지."

일제가 러일전쟁을 벌이는 와중에, 또 그 이후 내정을 장악하고 임명한 지방의 군수들 대부분이 친일파였다. 그들 중에 특히 일진회 회원이 많았으며, 면장들 또한 대부분 친일파로 임명된 상황. 그래서 의병들은 늘 어느 고을에서 일본군을 몰아내면 바로 다음 차례로 군수와 면장을 노렸다.

두 사람의 대화를 듣던 부관들은 진저리를 쳤다. 잠시 친일파 무리와 자신을 동일시해 보더니, 받을 처벌을 떠올리자 생각도 하기 싫은 모양이었다.

제2장

정벌 작전

설마 이 지역에서 이런 대대적인 공격을 받으리라곤 상상도 못했다. 간도의 폭도들이 웅크리고 있는 동쪽을 생각하면 조금 뒤통수가 근질거리긴 했지만, 그들이 이렇게 대놓고 정면 대결을 걸어올 줄은 몰랐다.

철령 이북의 모든 부대가 연락이 끊겼거나 공격당하고 있다는 보고를 받은 관동주의 일본군 만철 수비대 사령부는 큰 혼란에 빠졌다.

"뭐야? 그럼 철령 이북의 부대가 모두 당했다는 말인가?"

"그렇습니다."

관동주 도독, 오시마 요시마사[大島義昌] 대장은 새벽에 들어온 급보에 잠자다 말고 만철 수비대 사령부로 헐레벌떡 뛰어왔다. 이제 철로를 따라 병력을 전개하고 조금씩 관동주의 기틀을 잡아 나가던 시점이었다. 그런데 오늘 들어온 소식은 청천벽력과 같았다.

"이! 이… 어쩌다……."

오시마는 이를 뿌드득 갈았다.

"기습이었습니다. 간도의 폭도 놈들이……."

참모장은 무척 냉철한 태도를 보이고 있었다. 마치 올 게 왔다는 표정인 것이다. 안 그래도 그는 병력이 더 필요하다고 거듭해 주장하던 자였다.


"부족하지만 모든 정보를 종합해 본 결과, 간도의 폭도는 반도에서 준동하는, 그런 폭도가 아니다. 저들의 무장이 훌륭하다는 보고도 여러 곳에서 나타난다. 또한 그 규모 또한 1개 사단은 쉬이 넘어간다. 어쩌면 지금쯤 몇 개 사단으로 불어나 있을지도 모른다. 그러니 이 기나긴 만철을 수비하는 데 1개 사단 병력은 너무 부족하다. 저 간도의 한인 폭도 이외에 틈만 나면 노략질을 일삼는 몽골 마적이나 만주족, 한족 마적 또한 준동하고 있는 바, 더 많은 병력이 필요하다."

물론 그의 의견은 일언지하에 묵살당했다. 사실 러일
전쟁이 두 달만 더 지속되었어도 일본 재정은 완전히 파
탄 났을 거란 의견이 지배적이었다. 게다가 전쟁 후에도
끊임없이 증원군을 한국에 보내야 했다. 그런 상황에서
관동주에 증원군을 보낼 여력이 있을 리 없었다.

　전선 상황에 대해 소상히 보고를 받은 오시마 대장은
수비대 지휘관들과 서둘러 후속 대책을 논의하기 시작했
다.

　"일단, 빨리 구원군을 봉천으로 보내야 합니다."

　"당연히 그래야 하겠지. 하지만 적군의 병력 규모가
만만치 않은 것 같은데, 증원군을 보내면 확실히 토벌할
수 있겠나?"

　"위험할 수도 있습니다. 적이 소수 병력으로 감히 우
리 만철 수비대에게 싸움을 걸어오지 않았을 겁니다. 우
리와 대등하거나 더 규모가 클지도……."

　"흠, 결론은 병력이 더 필요하단 얘기군. 또 그렇지 않
더라도 많아서 나쁠 건 없지. 그럼 당장 신민부의 성경
장군부에 연락하게. 저들 입장에서 볼 때 영토가 침탈당
한 상황이니, 같이 싸우자면 호응하지 않겠나? 게다가

우리가 키워준 장작림도 이런 기회가 아니면 언제 써먹겠나?"

"좋은 의견입니다. 당장 시행하겠습니다."

회의 결과에 따라 만철 수비대는 급히 철도를 통해 사령부 예비 병력을 북상시켰고, 봉천에 주둔하고 있는 부대에게도 일단 철령역을 탈환하라 명령을 내렸다.

＊　　　　＊　　　　＊

"후후, 이제야 꾸역꾸역 기어오는군. 어쨌든 기다린 보람이 있군. 그럼 슬슬 시작해 볼까?"

13연대장 김평석 대령은 한껏 기지개를 켰다. 1년도 안 된 사이에 초짜 대대장에서 연대장으로 변모한 그였다. 하지만 전투를 거듭한 결과, 어느새 베테랑 지휘관의 풍모가 배어나고 있었다. 그는 전투 직전이면 몸이 저절로 반응해 자연스레 일어나는 긴장감을 즐겼다.

철령을 점령한 5사단 13연대 병력은 김인수 사단장과 사단 사령부 병력 일부만 철령에 남겨둔 채 그대로 남하, 봉천과 철령 중간쯤에 자리를 잡고 곧바로 진지 구축에 들어갔다.

이곳은 이제 곧 벌어질 전투뿐 아니라 앞으로 큰 전투가 예정된 곳이었다. 따라서 이미 전쟁이 벌어지기 전, 작전 계획을 세울 때부터 사령부가 낙점한 장소였다.

일본군은 철로를 따라 천천히 이동하고 있었다. 포병대가 포함된 1개 연대 병력이었다. 그들은 북쪽에 있을 것이라 예상되는 간도군을 의식해 정찰대를 전방에 포진시켰다. 또한 북쪽 전방만큼은 아니어도 동쪽의 낮은 구릉지대에 대한 경계도 게을리하지 않았다.

13연대 병력은 적의 심리적 경계선, 즉 '이 정도 안쪽엔 적이 없겠지'란 생각을 할 만한 곳 바로 바깥에 무더기로 병력을 매복시켰다. 한여름이라 수풀이 수북이 자란 구릉지의 숲 지대에 참호를 파고 완벽하게 존재를 은폐시킨 것이다. 하지만 북쪽의 적 전방은 대놓고 방어선을 구축해 적이 간도군의 존재를 알 수 있게 하였다.

"서쪽도 막으면 완전히 독 안에 든 쥐 꼴인데… 쩝!"

김평석은 후속하는 부대가 올 때까지 여기서 전선을 형성하고 있으라는 사령부의 명령을 떠올렸다. 적은 병력으로 무리하게 덤비다 큰 그림을 망치지 말라는 속뜻도 들어 있었다.

전방의 간도군 진지를 확인한 일본군은 바로 진군을

멈추고 전투 태세에 들어갔다. 간도군의 측면을 치기 위함인지 일부 병력이 서쪽으로 우회하는 움직임도 감지되었다. 그 모습을 확인한 김평석은 이제 때가 되었다 판단했다.

김평석의 명령에 13연대 병력이 모두 매복을 풀고 보유하고 있는 모든 종류의 병기로 공격을 시작했다. 박격포의 사격을 필두로 동쪽 구릉지대의 사면에 매복해 있던 병력들도 기관총과 소총, 유탄 등을 마구 발사하기 시작했다.

각종 무기의 사거리가 적보다 훨씬 길다는 장점을 이용한 공격이었다. 덕분에 일본군은 제대로 대응 한 번 못하고 황급히 후퇴해야 했다. 일본군은 남쪽과 서쪽으로 황급히 철수한 후, 결국 봉천으로 돌아가야 했다.

결국 이 전투에 참가한 일본군 패잔병들은 사령부에서 올라온 병력과 더불어 봉천을 지키는 임무를 맡게 되었다. 그사이 추명찬이 이끄는 간도군 제4사단 소속의 3개 연대 병력이 철령에 도착했다.


*          *          *

철령 이북의 일본군을 공격한 세력이 한국군이며, 그 병력이 1개 사단에 달한다는 소식이 전해지자 봉천 인근의 여러 세력은 깊은 고민에 빠졌다.

성경 장군 조이손은 급히 장작림을 봉천 근처의 신민부로 호출했다.

"방금 일본군으로부터 연락이 왔소. 관군과 장 대장의 부대 등 우리 청군과 일본군이 연합해 간도에서 기어 나온 조선 놈들을 치자고 말이오."

"아, 그랬습니까? 그럼 대인의 생각은 어떻습니까?"

"고민할 일이 뭐 있겠소. 당연히 수락해야지요. 간도의 조선 놈들이 우리 봉천 동쪽과 북쪽의 땅을 모조리 점령했소. 심지어 장춘도 공격했단 말이오. 이런 상황에서 제일 먼저 쳐내야 할 적은 조선 놈들 아니오? 일본은 나중에 고민할 문제고."

"흠, 그럼 우리와 일본군이 힘을 합하면 봉천을 지켜낼 수 있으리라 보십니까? 적은 1개 사단에 가까운 병력이라 하던데……."

"어렵지만, 그래도 가능하지 않겠소? 게다가 일본이 이렇게 당했는데 본토에서 가만히 있겠소? 곧 증원군을 보내올 테고, 북양군도 구원군을 보내겠다고 했으니, 우리가 조금만 버텨내면 놈들을 다시 쫓아낼 수 있을 거요."

이미 1년 전부터 동북 지방이 심상치 않다는 보고가 끊임없이 올라왔다. 이에 청 정부는 간도군의 군사적 행동이 있을 때마다 모든 외교적 수단을 동원해 대응했지만, 한국 정부가 외교권을 잃은 마당이라 아무런 소용이 없었다.

그 와중에 강력한 권력자로 치고 올라오던 북양군의 수장 원세개(袁世凱, 위안스카이)는 정치적 입지가 크게 흔들리고 있었다. 황족들의 견제가 극심해진 것이다.

결국 원세개는 북양군을 직예 총독 직속군과 신군 육군으로 나눠 개편할 수밖에 없었다. 하지만 사람들은 여전히 이들 군을 북양군이라 불렀다.

하지만 요 근래 동북 지방의 상황이 급변하자 다시 그의 필요성이 대두되어 조금씩 그의 입지도 회복되는 추세로 상황이 변해가기 시작했다.

이게 다 간도군 덕분이었다. 어쩌면 원세개 입장에서 간도군은 은인인 셈이었다.

청나라의 가장 강력한 군대라 할 수 있는 옛 북양군 조직 곳곳에 이미 자기 사람을 심어놓은 그였다. 따라서 그의 입지는 앞으로 더욱 탄탄대로가 될 게 분명했다.

원세개는 제4진 병력에 출병 준비를 하라 지시했다. 제4진은 천진 남쪽에 주둔하고 있었다. 물론 더 많은 병력을 보낼 수도 있었으나 원세개는 결코 그럴 위인이 아니었다. 그는 군 권력을 단단히 틀어쥐고 자신의 정적으로부터 몸을 지키거나 제거할 계획을 세울 터였다.

조이손의 제안을 들은 장작림은 잠시 고민에 빠졌다. 그의 지상 과제는 두립삼 세력을 쳐서 그 병력을 흡수하는 일이었다. 그의 입장에서 나라 간의 일은 큰 관심사가 아니었다. 그저 자신의 세력을 키우는 데 도움이 되면 그만이었다.

하지만 지금은 모험을 해야 할 상황이다. 자신을 후원해 주는 두 세력, 즉 청나라 관부와 일본군이 위기에 빠졌다. 위험한 상황이다. 그렇다고 간도군에 붙을 수도 없었다. 연결해 주는 끈도 없으려니와, 일본군의 후원을 받던 자신을 간도군이 용서할 리가 없었다.

"알겠습니다. 한 번 힘써보겠습니다."

"허허! 고맙소, 장 대장. 그럼 고마움의 표시로 이번에 우리 관병의 지휘권도 넘겨주겠소. 한 번 잘 싸워보시오."

"감사합니다, 대인."

조이손의 추가 제안을 받자 장작림은 머릿속에 살짝 남아 있던 번민을 털어버리고 기분 좋게 웃었다. 어쨌든 이제 관병까지 합쳐 총 5,000여 병력의 대군을 지휘하게 된 상황이다. 이게 바로 그가 원하던 결과였다.

청국 관병과 장작림의 군대가 합류하자 일본군은 봉천을 떠나 철령 쪽으로 이동했다. 일본군 여단 규모의 병력에 장작림 부대까지 합류하니 거의 1개 사단에 달하는 병력이었다.

그들은 북쪽으로 올라가다가 곧바로 방어선을 구축하기 시작했다. 간도군 13연대와 교전을 벌였던 곳이 가까워진 탓이다.

간도군 지휘관들은 이들의 움직임을 이미 세심하게 살피고 있었다.

"복잡한 봉천 시내에서 싸우지 않게 된 게 천만다행입니다."

제12연대장 서정인 대령의 얼굴에서 안도의 빛이 두드러지게 드러났다. 사실 그로서는 적이 봉천 시내에서 방어선을 펼칠까 싶어 상당히 전전긍긍하던 차였다.

"당연히 시내에서 나와야 했을 겁니다. 그런 조건이라면 청나라 군이 합류하지 않았을 테니."

5사단 13연대장 김평석 대령이 맞장구를 쳐주었다.

"그럼 앞으로 어떻게 대응하면 좋겠소?"

서열상 이번 전투의 사령관 역할을 맡게 된 4사단장 추명찬이 물었다.

"우리 군과 일본군이 남북으로 대치하는 사이에 기마병이 많은 청의 병력은 우회해서 우리의 측면이나 배후를 노릴 겁니다. 불을 보듯 뻔한 전술입니다."

"다른 가능성은 없겠소?"

5사단장 김인수 준장의 물음에 서정인 대령이 답했다.

"이곳이 평야 지대인데다 지휘 체계가 다른 두 나라 군대가 연합한 상황이라 이 전술을 쓸 수밖에 없을 겁니다. 복잡한 전술을 구사하다 보면 자기들조차 기만당하게 될 테니까요."

"하기야 그렇겠구려."

"그리고 보급도 충분히 받았으니 이번 기회에 놈들에게 뜨거운 맛을 보여주었으면 합니다. 다시는 허튼 생각 못하도록! 우리 간도군만 보면 벌벌 떨도록 말입니다."

"허허, 좋소. 시원시원해서 좋구려."

작전 회의가 끝나자 간도군은 즉시 전투 대형을 구축하기 시작했다. 이로써 주정부와 간도군 사령부에서 초미의 관심사로 떠오른 전투의 서막이 오르게 되었다.

*       *       *

한여름 뜨거운 태양 볕으로 말미암아 동경성 앞바다는 눈을 뜨기 어려울 만큼 빛났다. 살짝살짝 넘실대는 파도가 햇빛을 사방으로 반사시켜 흩뿌렸다. 해변의 낮은 둔덕마다 자리 잡은, 남쪽 한반도의 것과 똑같이 생긴 풀들이 바람에 몸을 떨어 댔다.

먼바다 쪽으로 쭉쭉 뻗은, 온갖 긴 반도들 탓에 동경성항은 호수 한가운데에 불쑥 불거져 나온 지형처럼 보였다. 정말 천연의 항구다웠다.

해군 장교들은 서둘러 청진과 포시에트 항—주정부는 동경성항이라 이름을 바꿔 불렀다—으로 나눠 이동했다.

육군과 해병대원들이 승승장구하고 온갖 전공을 세워가며 기고만장—그들이 그렇지 않았을지라도 해군 장교들은 그렇게 느꼈다—해하는 모습을 주눅 든 모습으로 지켜만 보던 그들이었다.

그런데 이제 처음으로 해군다운 일을 하게 되었다. 직업군인으로서 평생 천직이라 여겼던 그 일을 다시 재개할 수 있게 되었으니, 이들의 감흥은 남다를 수밖에 없었다.

이들이 둔덕길을 벗어나 평지로 나오자 그렇게 만나길 고대하던 놈들이 모습을 드러냈다. 큰 굴뚝과 대형 함포들이 어지럽게 갑판에 들어찬, 전형적인 이 시대의 군함들이었다.

이번에 일본군에게 빼앗은 함선은 총 여덟 척. 동경성항에 네 척, 청진항에 네 척. 비록 이 시대 기준에서 볼 때도 노후한 군함들이지만, 어쨌거나 이제 해군을 창설할 수 있다는 사실 자체가 중요했다.

해군 사령관 박경훈 중장은 적 군함의 탈취에 성공했다는 소식을 듣자마자 해군 장교들을 대동하고 동경성항으로 달려왔다. 그들과 더불어 새로 창설된 제6사단 소속의 항만 수비대 병력들도 해안포로 쓸 견인포를 끌고 왔다. 적함대로부터 나포한 군함과 항만을 지키기 위해 우선적으로 취한 조치였다.

"와아! 저게 바로……."

"참으로 흉측하게 생겼네요."

장교들은 저마다 한마디씩 즉자적으로 튀어 나오는 감

상평을 쏟아냈다.

"장갑 순양함에 경순양함이라… 나쁘지 않군. 어떤가?"

"비록 고물이라 해도 조금 개량한 후에 레이더와 새로 개발될 함포를 장착하면 이 시대에 아주 무적일 겁니다."

"신궁도 쓸 수 있을까? 휴대용인데……."

"글쎄 말입니다. 군사 과학 연구소 사람들이 충분히 함대함으로 쓸 수 있도록 개량된 상태란 말을 하긴 했는데, 저는 그다지 미덥지는 않습니다."

"후후, 하여간 부딪쳐 봐야 알겠지. 그럼 한 번 타볼까?"

박경훈 중장의 얼굴에선 여전히 웃음기가 가시지 않고 있었다. 그들은 전함에 오르더니 곳곳을 세심히 살폈다.

간도군 총사령부는 이번 기회에 청진 근처에 해군 사령부를 신설하기로 했다. 아울러 해군 무관 학교도 개교하고, 각 군에서 병력을 차출해 지원해 주기로 했다. 또한 포로로 잡힌 일본 해군 장교와 수병들을 포섭해 이 시대 함정을 운용하는 방식도 익힐 예정이었다.

＊　　　＊　　　＊

북한산까지 시위대를 추격하던 일본군은 결국 다시 한성으로 돌아갔다. 한성과 주차군 사령부를 오랫동안 비울 수 없기 때문이었다. 덕분에 시위대는 편안하게 북상할 수 있었고, 민우와 황태자 일행도 시위대에 무사히 합류했다.

작전의 목적을 달성하게 되자 양주에서 일본군과 대치하던 13도 의군은 슬그머니 평강으로 후퇴해 방어선을 펼쳤다. 이곳이 바로 간도군 사령부가 그어놓은 방어선인 탓이었다.

결국 황제도 놓치고 시위대도 고스란히 전력을 보유한 채 13도 의군과 합류했다는 결과를 통보 받은 한성의 통감부는 난리가 났다.

그리고 엎친 데 덮친 격으로, 평양으로 북상한 6사단 연대 병력이 전멸당했다는 소식도 들어오자 완전히 충격에 휩싸였다.

"그, 그럼, 도대체 적도들의 병력이 어느 정도나……."

"모르겠습니다. 평양 쪽으로 내려온 적은 1개 사단 규모인 게 확실하고, 전국에서 활개를 치고 있는 적도들도 사단 병력을 넘어선 것 같고, 또 얼마나 많은 병력이 어디서 튀어나올지 모르는 형국이라……. 함경도나 연해주에서도 분명 뭔가 일이 벌어졌을 테니……."

이토는 얼굴이 새하얗게 변해 있었다. 이토의 질문에 답하는 하세가와 역시 아예 초탈한 듯 남의 일 얘기하듯 말 보따리를 풀어놓고 있었다.

"지금쯤 본국에서도 알고 있겠지요?"

"물론입니다. 이미 전문을 날렸으니."

"허허, 이제 어찌해야 할지……. 한황은 분명 간도로 갔을 거요. 그곳의 강맹한 적도들과 합류해 본격적으로 일을 꾸밀 테지요."

"후후, 그런 면에서 이제 본 사령관의 일도 모두 끝난 것 같습니다. 이제 한국 주차군 사령관이 필요한 게 아니라 본격적으로 일한전쟁을 이끌 인물이 필요한 상황이 됐습니다. 전쟁이란 말이죠, 새로운 전쟁."

"전…쟁… 한국과 전쟁을? 허허! 허허허!"

"모두가 허탈할 겁니다. 거의 공짜로 먹을 수 있을 줄 알았던 한국과 이제 국운을 건 전쟁을 벌여야 할 줄 누가 알았겠습니까?"

"며칠 전 흑룡회의 우치다 군은 서둘러 한국 병합을

추진해도 큰 무리가 없을 거라 했는데…….”

흑룡회의 우치다 료헤이는 민심을 살핀답시고 전국을 돌아다닌 후, 한국 병합을 서둘러야 한다고 조언했다. 실제 역사에서도 그는 그렇게 강경파였다.

“어쨌든 이제 우린 외줄에 올라탄 형국이 됐습니다. 절대로 져서는 안 되는 전쟁, 국운이 걸린 전쟁을 앞두게 된 겁니다. 하지만 문제는 이겨도 문제란 겁니다.”

“맞는 말이오. 감당하기 어려운 빚을 지고 있는 정부가 과연 어떻게 이 전쟁을 이끌어 나갈지…….”

이토는 지금 일본의 신세가 외통수에 완전히 걸린 상태란 생각이 들기 시작했다, 타개책도 없고 앞도 보이지 않는.

\*　　　　\*　　　　\*

전투 준비는 확실히 간도군이 빨랐다. 그간 치러온 전투 경험 때문이다. 급속히 덩치를 불린 간도군인지라 곳곳에서 문제가 발생했지만, 쉼 없는 훈련과 실전 경험 덕분에 강군으로 거듭났다.

이곳 봉천에서도 그런 사실을 확인할 수 있었다. 각 연대들은 각기 맡은 임무에 따라 빠르게 진지를 구축하고 보유한 모든 무기를 적재적소에 일사불란하게 배치했다.

반면, 청일 연합군은 서로 의견을 조율하고 입을 맞추느라 많은 시간을 보낸 데다 온갖 오합지졸의 집합소라 할 수 있는 청군의 굼뜬 행동 때문에 전열을 정비하는 데 더 많은 시간을 허비했다. 덕분에 간도군은 더 완벽하게 함정을 파놓을 수 있었다.

일본군은 이 시대 통용되는 대포 사거리에다 조금 더 보탠 거리를 염두에 두고 전선을 유지할 생각인 듯했다. 앞서 봉천 주둔 부대가 한국군 13연대에 당한 경험이 있다 보니 그 전투 결과를 충분히 반영한 것이다. 또 선제적인 간도군의 도발이 없었기에 그 계산이 맞았다고 생각했을 것이다.

그리고 이제 때가 되었다 생각했는지 배후의 청군이 먼저 움직이기 시작했다. 그들은 일본군 진영의 측면 쪽으로 멀찌감치 빠진 후, 북쪽으로 이동했다.

적 진영의 움직임이 분주해졌음에도 간도군은 별다른 움직임을 보이지 않고 있었다. 그저 적의 움직임을 관망하며 뭔가를 조용히 기다리는 듯한 모습이었다.

잠시 후, 일본군 지휘관은 관측병의 보고에 따라 후방

의 포병대를 전진시키기 시작했다. 곳곳에 낮은 둔덕과 구릉이 있다지만, 이곳은 대부분 평야 지대라 서로 적의 모습을 확인할 수 있는 상태였다.

또한 일본군은 내심 이곳 지리에 밝다 자신하고 있었다. 러일전쟁 때도 이곳이 격전지였고, 만철 수비대 또한 이곳에 주둔하며 세심하게 지형지물을 파악해 둔 상태였기 때문이다.

포병대의 전진과 동시에 측면의 장작림 부대도 서서히 간도군 진영 쪽으로 접근하기 시작했다. 기병이 많은 장작림 부대는 서서히 속도를 올리다 어느 순간 빠르게 간도군의 옆구리를 노릴 작정이었다.

쒸웅! 쒸웅!

꽈광! 꽝! 꽝! 꽝!

아무런 발사음도 듣지 못했고, 포연도 눈에 띄지 않았다. 그런데 갑자기 일본군 포병대의 머리 위로 엄청난 수의 포탄이 작렬하기 시작했다.

그 첫 공격에 포병대가 거의 몰살을 당했다. 상상하기 어려울 정도의 포탄이 쏟아진 탓이었다.

이어 포탄들은 보병 쪽에도 골고루 쏟아지기 시작했다. 일본군 지휘관은 완전히 패닉 상태에 빠졌다.

"으, 도, 도대체 놈들은 얼마나 많은 포를 보유한 거냐?"

"족히 수백 문은 될 듯합니다."

"그런데 왜 포가 보이지 않는 건가? 사거리가 얼마나 길기에……."

일본군의 상식으로 볼 때, 지금의 포격은 도저히 납득할 수가 없었다. 분명 적의 위치를 확인한 후 병력을 전진시켰다. 아직 포격으로부터 안전한 거리라 판단했다. 그런데 이렇게 속수무책으로 당했다. 더구나 정찰병의 보고를 종합해 보면, 적의 포가 보이지 않는다 했다. 하지만 현실은 이렇게 포탄이 비 오듯 쏟아진다.

간도군은 이 전투에서 포탄을 아끼지 않았다. 마치 본때를 보여주겠다는 듯이 최대한 빠르게 많은 포탄을 날려댔다.

한편, 멀리서 폭음 소리가 들리기 시작하자 장작림은 때가 되었다 판단해 돌격 명령을 내렸다. 청군 기마병은 수백 미터를 호기롭게 달릴 수 있었다. 그런 탓에 진지에서 대기하고 있는 간도군의 인영을 얼핏 확인할 수 있는 지점까지 거침없이 접근할 수 있었다. 하지만…….

꽈꽝! 꽝!

크레이모어 지뢰가 청군 기병들을 선두 열부터 갈기갈기 찢어버렸다.

"악!"

"으악!"

키히히힝!

선두 기병들이 짚단 쓰러지듯 쓰러졌다. 그리고 그런 아수라장에 다시 포탄이 떨어지기 시작했다. 이미 청군이 상당히 접근한 터라 한국군의 기관총도 가세했다.

투타타타타!

청국 병사들은 그야말로 생지옥에 빠져들고 말았다.

일본군 진영도 마찬가지였다. 후방에 배치한 포병의 지원하에 조금씩 전진하다 적진 근처에 다다르면 돌격을 하려고 했던 전술은 아예 시도조차 못했다.

초반에 포병이 깨진데다 보병들이 뭉쳐 있는 곳에 수많은 포탄이 떨어지자 일본군의 발걸음은 그대로 얼어붙고 말았다. 후방에도 포탄이 떨어지니 후퇴할 수도 없었다.

청군이나 일본군이나 속수무책으로 당하는 사이, 간도군 진형에 변화가 일어났다. 2개 연대는 계속해서 화력을 투사하고, 남은 2개 연대가 각기 청군과 일본군의 측면과 배후를 노려 우회하기 시작한 것이다.

이제 일청 연합군은 더 촘촘한 공격을 받게 되었다. 이들이 도망칠 수 있는 곳은 오직 한 방향밖에 남지 않았다.

청군은 남쪽, 일본군은 서쪽이었다.

하지만 눈앞의 아수라장 속에서 도주 방향을 정확히 잡아 나갈 수 있는 병사는 거의 없었다.

어느 순간, 포 사격이 모두 멈췄다. 전장을 뒤덮었던 먼지와 연기가 조금씩 가시기 시작하자 전장의 참상이 모습을 드러냈다.

그야말로 아비규환이었다. 조각조각 난 시체, 검게 그을린 시신… 풀과 관목들은 아직도 맹렬히 불타고 있었다.

일본군이나 청군의 생존 병력들은 조금이라도 파인 지형이라면 어디든 틀어박혀 숨죽이고 있었다. 한국군의 공격이 멈추자 그들은 슬며시 고개를 들더니 어느 누구라 할 것 없이 후방으로 뛰기 시작했다. 장교든 병사든 예외란 없었다.

"으아아아!"

죽음의 공포 때문에 달리면서도 비명을 지르는 병사도

있었다. 하지만 그도 잠시. 곧 이어진 맹렬한 기관총 사격이 그 병사들의 생존 욕구마저 꺾어버렸다. 그래도 운 좋게 죽지 않은 병사들은 그저 총을 내던지고 번쩍 손을 드는 수밖에 없었다.

봉천 전투는 그렇게 끝이 났다. 학살극에 가까운 전투였다. 전략적으로 엄청난 화력을 투사한 간도군 탓에 연합군의 생존 병력은 극소수에 불과했다.

이 전투 이후 만주의 일본군과 청군은 간도군에 대해 공포감을 갖기 시작했다. '간도의 적도'란 말은 어느새 쏙 들어갔다. 그저 '간도군'이나 '조선군'으로 호칭이 바뀌었고, 간도군을 입에 올리면 결국 이날의 전투를 떠올리게 되었다.


북쪽의 전장이 이렇게 시끄러운 사이, 간도군 5사단 19연대는 가볍게 봉천을 점령했다. 무혈입성에 가까운 수준이었다. 소수의 경계병만 남아 있는 병영에 포탄을 쏟아붓자 일본군은 그대로 괴멸되었다. 그 남쪽의 요양도 23연대가 봉천 공략 시점과 동시에 점령을 마쳤다.

결국 북쪽 전장의 정리를 마친 4사단 소속의 세 개 연대와 5사단 13연대 병력마저 봉천으로 입성하자 봉천의 일본 영사관은 부랴부랴 짐을 싸서 서쪽의 신민부(新民府)로 급히 도주했다. 청의 관청이 있는 신민부로 가야 향후 외교적인 모색을 할 수 있기 때문이었다.

이제 서쪽 전선의 정리가 마무리되자 간도군 5사단은 요양에 2개 연대를 배치해 남만주 철도를 타고 올라올지 모르는 일본군을 대비하게 했고, 나머지 2개 연대는 요양에서 압록강 변의 안동까지, 이 지역의 요충지를 골고루 지키게 했다.

4사단 역시 봉천에 2개 연대를 배치했고, 2개 연대로 하여금 봉천에서 장춘, 길림 구간을 수비하게 했다.

이로써 한 달 넘게 진행됐던 간도군의 모든 작전이 마무리되었다. 전격적으로 연해주, 함경도, 평안도, 만주에서 벌인 간도군의 '정벌'과 '토왜' 작전.

성공으로 귀결된 이 작전은 향후 국제사회, 특히 동아시아에 큰 변화를 일으키게 될 터였다.

제3장

동향과 모색

겨우 패잔병을 수습해 신민부로 돌아온 장작림. 그의 몰골은 그야말로 엉망진창이었다.

언제 포탄 파편에 당했는지 헝겊으로 이마를 친친 동여맸고, 흙먼지와 땀으로 범벅된 얼굴은 상거지와 다를 바 없었다. 지휘관인 그가 이런 형편이니 살아남은 그의 부하들은 두말할 나위가 없었다.

이미 패전 소식을 듣고 난 후라 그를 맞이한 성경 장군 조이손의 눈빛은 싸늘하게 가라앉아 있었다.

"이게… 다요?"

"면목이 없소이다, 대인."

조이손은 벌써 셈을 끝낸 모양이다. 오천여의 대규모 병력을 보냈는데 살아온 자는 천 명도 채 되지 않았다. 얼마 남지 않은 병력인지라 그 규모가 한눈에 들어오니, 따로 셈할 것도 없었다.

"일본군은 어찌 되었소?"

"저들은 우리보다 더 혹독하게 당했소이다. 거의 전멸했소."

장작림의 말대로였다. 그래도 기마병이 많은 청군은 몸을 뺀 자가 많았지만, 일본군은 앉은 자리에서 십자포화를 맞은 탓이었다.

"우리 처지도 마찬가지 같은데?"

"미안하게 되었소, 대인."

"끙, 내 무슨 낯으로 이 사실을 조정에 보고한단 말이오!"

"할 말이 없소이다. 적이… 이 정도로 강한 줄 몰랐소."

"대체 어느 정도기에……."

변명이라도 하듯 장작림은 주절주절 간도군의 무장과 공격 방식에 대해 늘어놓기 시작했다.

물론 조이손은 장작림의 말을 그다지 신뢰하지 않는

눈치였다. 장작림의 말대로 아무리 간도군이 강하다 할지라도 같은 수의 병력이 싸웠다.

그러니 간도군을 이길 수는 없었다 해도 최소한 일본군과 더불어 구원군이 올 때까지 엎치락뒤치락 하며 시간이라도 끌어줄 수 있으리라 기대했다.

그랬기에 그는 이 믿기지 않는 현실에 그저 한숨만 나왔다.

"후, 그럼 저들이 이곳을 노리고 올 수도 있겠소?"

"잘…… 모르겠습니다."

"어허! 이런 참."

조이손은 연신 한숨을 내쉬며 슬쩍슬쩍 장작림을 흘겨보았다.

"대인, 아무래도 해성에 다녀와야 할 것 같습니다."

"해성에?"

"고향으로 돌아가 병력을 모아 올 생각입니다."

"그럼 여긴 어떡하고?"

"어차피 제가 남아 있다 한들 이곳을 지킬 수 있겠습니까? 적은 1개 사단이고, 이번 전투에서 고스란히 병력을 보존한 상태입니다."

"그걸 말이라고!"

"간도군의 관심은 오로지 일본군에 있을 겁니다. 이번 침략의 명분으로 내세운 게 일본과 전쟁 중이라는 겁니다. 그러니 아직 우리 청과 전쟁을 할 의도는 없을 겁니다. 그러니……."

"흠, 그럴 수도 있겠소. 하지만 놈들을 이 땅에서 몰아내지 못한다면 우리 청의 위신은 더할 나위 없이 떨어질 거요."

"하오니 전 해성에 가서……."

결국 장작림은 만류하는 조이손의 손길을 뿌리치고 해성으로 향했다. 그의 병력은 이제 오백 명 남짓 남았다.

사실 병력을 모아 온다는 것은 핑계에 불과했다. 이번에 대패를 당했다는 소문이 널리 퍼지기 전에 돌아가 도전해 오는 적으로부터 근거지를 지켜야 하기 때문이었다.

장작림은 피곤한 몸을 이끌고 허겁지겁 해성을 향해 달려갔다.

그러나 그는 해성에 도착하기도 전에 그곳을 지키고 있던 부하들과 자신의 가족들을 만나야 했다. 그들의 몰골 또한 장작림과 그리 다를 바가 없었다.

"아, 아니! 무슨 일이냐!"

"대장… 두립삼이… 어흐흑!"

"뭐라!"

"두립상이… 군을 이끌고 쳐들어왔소."

"그래서?"

"있는 힘을 다해 저택을 지키려 했으나… 그만… 중과 부적이었소."

"크윽, 두립삼! 이놈을!"

원래 그가 하려던 일이었다.

뒤통수를 치는 일.

하지만 입장이 완전히 바뀌어 그가 뒤통수를 맞아버렸다.

두립삼이 장작림의 본거지를 친 일은 서영계가 사주해서 일어난 일이었다. 물론 그런 서영계의 배후엔 간도군이 있었다.

이미 장작림이 청의 관부와 결탁해 자신을 제거하려한 사실을 알고 있던 두립삼은 간단히 서영계에게 설득당했다. 아울러 서영계의 배후에 간도군이 있다는 사실도 알게 되었다.

모든 일의 전모를 알게 된 두립삼의 선택지는 오로지 하나밖에 없었다. 서영계의 제안을 거절하면 더 무서운 간도군을 상대해야 될지도 모르는 일이었다.

어차피 마적에게 나라는 큰 의미가 없기 때문에 그리 어려운 결정도 아니었다.

서영계는 두림삼과 연합해 해성을 단숨에 점령했고, 장작림은 다시 신민부로 돌아갈 수밖에 없었다. 결국 장작림은 그간 온갖 술수를 통해 모은 세력과 병력을 일거에 잃은 꼴이 되었다. 그리고 그 힘의 공백을 두림삼 세력이 메우게 되었다.

이번 전쟁으로 말미암아 요동 지역에서 청 당국의 장악력은 더욱 추락해 이제 만주가 청의 영역인지 의심스러운 정도가 되었다. 청의 발상지인 만주에서 벌어진 일이라 청의 입장에선 더욱더 기가 막힐 노릇이었다.

*　　　*　　　*

함경도 동해안에 자리한 홍원군.

일군의 무리들이 밧줄에 묶인 채 줄줄이 북쪽을 향해 끌려가고 있었다. 멋들어지게 제복을 차려 입은 치안대원들은 의기양양한 표정으로 이들을 인솔해 갔다. 그렇다고 멋진 제복마냥 이들의 행동이 신사적인 건 아니었다.

그럴 가치도 없다는 듯, 이들은 틈만 나면 발길질과 채

찍질을 멈추지 않았다.

"왜 이리 굼떠! 빨리빨리 안 가냐? 앙!"

짝!

"악!"

"천천히 가면 누가 살려줄 거라 생각하나 본데, 네놈들이 따르던 왜놈들이 구해줄 거라 생각했나!"

자기가 내뱉고도 그 말을 곱씹어보다 더 화가 치밀어 오른 모양인지 치안대원들의 손길은 더욱 매서워졌다.

퍽! 퍽!

"억! 억! 그만! 그만하시오!"

분명 눈살을 찌푸리게 하는 장면이지만 길가에 도열해 구경하는 백성들은 어느 누구도 치안대원들의 행위가 가혹하다 책하지 않았다. 아니, 오히려 그 반대였다.

"허허! 놈들, 고소하다! 속이 다 시원하네그려."

"이 자식들아! 왜놈 믿고 누리는 권세가 천년만년 갈 줄 알았더냐!"

"카악, 퉤! 저런 버러지들은 그냥 그 자리에서 죽여 없애야 하는데."

백성들은 길가로 몰려나와 줄줄이 잡혀가는 친일 매국노들에게 갖은 욕설을 퍼부어 댔다. 지위가 낮은 일진회 회원들이야 그렇다 쳐도 군수며 면장 같은 지방 관리들은 더욱 큰 봉변을 당해야 했다.

러일전쟁으로 상당 기간 동안 일본군에 의해 군정이 실시됐던 함경도엔 이런 친일 매국노 범죄자들이 엄청나게 많았다. 일본의 입김에 의해 임명된 군수와 면장들 상당수가 일진회 소속이었다.

그렇지 않더라도 친일 인사가 아니고는 이곳의 관료로 임명될 수 없었다. 또 일반 일진회원들도 무척이나 많았다. 전쟁 기간 동안 이들은 일본군의 보급과 수송을 책임졌다.

물론 평안도 지역도 그에 못지않았다.

주정부는 이들 중 고위직에 있던 자는 죽을 때까지 평생 강제 노역을 시키기로 했고, 단순 가담자는 10년 이하의 노역형에 처하기로 했다. 이들은 각종 광산이나 도로, 철도 공사장 등 혹독한 현장에서 일하게 될 것이다.

그리고 노역 기간이 끝나더라도 이들의 불행이 끝나는 것은 아니었다. 이들은 가족을 데리고 오지 마을에서 살아가야 할 운명이었다. 즉, 노역 형에 유배형이 보태진 것과 같은 셈이었다.

가혹하다 말할 수도 있겠지만, 주정부는 이들을 모두

사형에 처하느니 부족한 노동력도 벌충하고, 또 평생 형벌을 가해 사형에 준하는 대가를 치르도록 했다. 또한 이들의 범죄 행위와 처벌 방식을 낱낱이 일반에 공개해 어느 누구도 다시는 매국 행위를 못하도록 했다.

*　　　　　*　　　　　*

광무 10년, 서기 1906년 8월 20일.

드디어 황제와 모든 관료가 참여한 정식 회의가 열렸다. 물론 남쪽에서 올라온 황태자와 민우도 이 회의에 참석했다. 간밤에 황제는 무사히 화룡에 도착한 황태자와 민우 일행을 보자 또 한 번 감격에 젖었다.

그간 황제는 간도의 행정 체계를 몸으로 체득하려 온갖 노력을 기울였다. 또 그 속에 담긴 정신과 의의에 깊은 찬사를 표하기도 했다.

이날 회의에선 행정에 대한 것보다 군사와 외교 문제가 우선 과제로 떠올랐다. 또 그보다 처음으로 모든 관료가 모였다는 게 중요했다.

"참정대신, 그럼 회의를 주재하시오."

"네, 폐하."

익숙한 장면이었다. 간도에 온 이래 황제는 늘 이런 태도를 보였다. 마치 참관인이라도 된 양 고개를 끄덕거리며 회의 내용을 경청하기만 했다. 황명을 내리는 대신 주로 질문을 던질 뿐이었다.

"먼저 군부대신 장순택의 보고입니다."

간도군 사령관이자 군부대신인 장순택은 초미의 관심사로 떠오른 전장의 양상을 정리해 보고하기 시작했다.

"남쪽 동부 전선을 담당하게 될 1사단 병력은 평강에 무사히 도착해 계획대로 방어선을 펼치기 시작했습니다."

김기룡 중장이 지휘하는 1사단은 연추를 공략한 후, 그대로 남하해 평강 일원에 사령부를 설치했다. 1사단은 강원도 지역의 방어선을 담당할 예정이었다.

송상철 소장의 3사단은 평양에 사령부를 두었다. 이들은 평양과 그 서쪽의 서부 전선, 즉 대동강 전선을 맡게 된다.

한준상 중장의 2사단은 평안남도 강동군에 사령부를 두었고, 강동에서 황해도 곡산에 이르는 중부 전선을 맡기로 했다.

"그리고 이제 막 전투가 끝난 만주의 서부 전선은 4사단과 5사단이 각기 봉천을 경계로 남과 북을 지키게 될

니다. 이외에 6사단은 동쪽의 러시아 국경 지대와 북쪽 동청 철도 노선 방면의 수비를 맡게 되었습니다. 그리고 함경도 무수단에 사령부를 둔 해병대는 함경도 해안지대의 방어를 담당하게 됩니다. 그리고 제7사단이 창설되어 곧 부대 배치에 들어가게 됩니다. 1개 연대 병력은 화룡에 남고, 나머지 3개 연대는 각지로 흩어져 이번에 새로 점령한 서부 지역의 토벌에 들어갑니다."

"흠, 토벌이라……."

"그러하옵니다. 점령이라 보시면 됩니다. 이 지역 마을들은 수많은 도적 떼들의 온상이라 할 수 있습니다. 이들에 대한 강압적인 점령이 끝나야 비로소 이 지역이 우리의 영토로 들어옵니다. 지금까지 그래왔듯이……."

황제는 장순택이 말한 '강압적인 점령'의 필요성을 충분히 이해하고 있었다. 한성에서 집무를 볼 때에도 함경도와 평안도 변경 마을들이 마적들의 피해를 입었다는 보고를 수도 없이 들었다.

또한 간도 관료들로부터 간도 부근 지역—후세의 길림성에 해당되는 지역—에 무려 20만의 토비들이 존재한다는 보고를 듣고, 상상을 불허하는 숫자에 크게 놀라기도 했다.

"3개 연대 병력으로 그 흉학한 토비들을 일거에 몰아낼 수 있겠소?"

"아뢰옵기 송구하오나 조금 어려운 일이옵니다. 하지만 앞으로 아국 주민들의 마을이 들어설 곳이나 주요 도로는 병력들이 상주해 지킬 것이옵니다. 또한 치안대 병력이 보충되어 군의 역할을 대신하게 되면 이제 군은 모든 지역을 샅샅이 점령하게 될 것이옵니다. 저들은 결국 토비 짓을 포기하고 떠나거나 우리 주민으로 흡수될 것이라 예상하고 있습니다. 그 모든 과정이 모두 끝나야 진정 우리의 영토가 되었다 할 수 있을 것이옵니다."

"허허, 영토란 말을 들으니 짐의 기분이 좋아지는구려. 이 드넓은 땅이 우리 수중에 들어온다니 기쁘기 그지없소이다. 장병들의 노고가 컸소. 짐은 이들에게 후일 반드시 크게 포상을 할 것이오."

"황은이 망극하옵니다, 폐하!"

황제는 회의 내내 미소를 짓고 있었다. 한성에 있을 때는 늘 우울하고 답답하고 억울한 일만 있었다. 가슴에 피멍이라도 든 듯했다. 이른바 울화병이었다.

하지만 간도에 오니 언제 아팠는지도 모르게 심신이 상쾌해졌다. 이렇듯 늘 온통 좋은 소식만 들려왔다. 울화병에 있어 듣기 좋은 소식만큼 뛰어난 약은 없었다.

"그리고… 시위대는 다시 근위대로 이름을 바꾸게 됩니다. 황가와 수도를 방어하는 임무를 맡게 되며……."

간도 주정부는 평강에 있던 시위대원들을 화룡으로 불러들였다. 13도 의군에 소속시키지 않은 것이다.

간도군 사령부는 시위대원들과 일일이 면담한 후, 제대를 희망하는 이는 관리로 채용하기로 했다.

"하여 초대 근위대장으로 박승환 참령을 추천하기로 했사옵니다."

"오, 그렇소. 마땅히 그래야 할 일이오. 이번 시위대 봉기에 가장 큰 공적이 있는 장교이니. 그럼 박승환 참령은 이리 가까이 오시오."

황제의 명에 박승환은 황제 앞에 나와 부복을 했다.

"짐은 그대의 공을 높이 평가하노니, 이에 그대의 계급을 참장으로 올리고 근위대장으로 봉하노라."

"황은이 망극하옵니다, 폐하!"

박승환의 음성이 심하게 떨려 나왔다. 근위대 창설 건은 이미 간도 군사령부와 황제가 합의한 일이었다.

후일 근위대는 각종 의전을 담당하며 대한제국군의 얼굴로 떠오르게 된다.

"폐하, 다음은 일본군 포로의 문제에 대한 안건이옵니다."

"오, 그래, 어서 얘기해 보시오."

"현재 약 1만여 명의 일본군을 포로로 잡았습니다. 그래서 당분간 철도와 도로 공사의 노역을 시킬 계획입니다."

"허허, 포로들 관리하는 데 꽤나 고생하겠구려."

"그래서 포로들의 관리는 치안대에서 맡기로 했나이다. 아울러 이들을 장기적으로 친한파로 키울 계획도 세워놓았나이다."

"친한파? 오, 재미있는 계획이로다."

적에게 잡히면 순한 양으로 변신하는 일본군 포로는 귀중한 노동 자원이기도 했다. 또 이들의 특성을 활용해 쥐꼬리만 한 액수라도 임금을 주기로 했고, 틈틈이 한국어 수업도 시킬 예정이었다.

훗날 이들이 일본으로 돌아갔을 때, 주요한 인적 네트워크가 될 수도 있는 일이었다.

"자, 다음은 외부대신 김형렬의 보고가 이어지겠습니다."

"허허, 아마 그대야말로 요즘 들어 가장 골치가 아픈

관리겠구려. 아니 그렇소?"

"아니옵니다, 폐하. 아마 저보다 일본이나 청국, 서양 제국의 외부대신들이 더 몸살을 앓고 있을 겁니다."

"옳거니! 듣고 보니 그렇겠구려. 허허허! 일본을 애지중지하던 영국과 미국의 수장은 아주 난처한 표정을 짓고 있을 터."

황제는 이런 엄숙한 어전 회의장에서도 특유의 발랄함을 잃지 않는 간도 관리들을 마음에 들어 했다.

"그래, 어떨 것 같소? 일본이나 청국이 어떤 반응을 보일지 무척 궁금하오만."

"아뢰옵기 송구하오나 우리 대한제국이 외교권을 잃은 덕분에 각국이 누구를 추궁해야 할지 난감할 것이옵니다."

"난감하다라… 아, 하하하하! 그렇구려. 우리보고 뭐라 할 수 없을 테니. 허허허! 일이 그렇게 되다니."

황제는 속 시원하게 웃고 있었다.

"아국이 깡패 짓을 해도 우리 허물이 아닌 셈이 되나? 하하!"

"공식적으로… 그렇습니다, 폐하."

"흠, 그럼 당장 외교적인 문제는 없다 치고, 향후에 어떻게 대처해야 하겠소?"

황제는 오늘따라 말이 많았다. 그만큼 중요한 회의였기 때문이다.


*   *   *


김형렬 부장의 말대로 일본이나 청은 완전히 패닉 상태에 빠져 버렸다.

"그, 그럼 거의 3개 사단 규모의 병력이 이번에 전멸을?"

"그렇습니다."

"후, 이 보고를 믿어야 할지……."

사이온지 긴모치 수상은 깊은 한숨을 내쉬었다. 처음 한국 주차군과 새로 증원된 6사단 병력이 폭도들로부터 대규모 공격을 받았다는 소식을 들었을 땐 늘 일어나던 일 정도라 생각했다.

하지만 곧이어 13사단과 15사단이 괴멸된 것 같고, 해군 함정 또한 적에게 나포되거나 격침된 모양이라는 소식을 들었을 때, 내각은 완전히 혼란에 빠졌다.

문제는 거기서 끝난 게 아니었다.

며칠 후, 6사단 일부 병력이 전멸에 가까운 피해를 입었고, 관동주의 만철 수비대 또한 봉천에서 대패했다는 소식도 연이어 들어왔다.

이제 내각의 구성원들은 이 소식이 새어나가 국민들이 알까 두려워 쉬쉬하고 있는 지경이었다.

"이토 공의 보고가 정확했구려. 적을 쉽게 보면 큰코다친다 했지 아마?"

대본영의 군 간부들도 그렇고, 일본 내각의 구성원들은 뭐라 할 말이 없었다. 그저 사이온지의 넋두리만이 회의장을 흘러 다녔다.

"하세가와 사령관과 이토 통감이 이 건에 대해 새로운 전쟁을 시작한다 여기며 대처해야 한다고 보고서 말미에 덧붙였소. 어찌 생각하시오?"

역시 아무도 말이 없었다.

"끙, 또 미국과 영국에 구걸을 해야 한단 말이군. 그런데 저들이 과연 이 부탁을 들어줄지 모르겠소."

사이온지의 말대로 지금 일본이 눈앞에 닥친 난국을 타개할 유일한 방법은 결국 미국에 손을 벌리는 일이었다. 이미 빚더미에 앉은 지 오래인데, 또다시 외채를 얻어 와야 한다. 아마 이번에 또 빚을 지게 되면 수십 년을

갚아도 모자라게 될 것이다.

"그런데 말이오, 우리가 여기서 모든 걸 포기하고 철군한다면 어떻겠소? 그럼 재정은 가까스로 유지할 수 있을 듯한데……."

"말도 안 되는 얘깁니다."

"우리가 무엇 때문에 러시아와 국운을 건 전쟁을 했단 말입니까?"

"철저히 준비해서 출전하면 한국 폭도 놈들 정도는 쉽게 무찌를 수 있습니다."

사이온지의 넋두리 같은 덧붙임에 군부 인사들이 벌떼같이 일어났다.

"내가 그걸 모를 것 같소? 하지만 생각 좀 해봅시다. 우리가 새로운 전쟁을 시작하면 분명 우리 재정은 완전히 거덜 날 거요. 한마디로 이겨도 지는 것과 다름없다, 이 말이오."

"큼!"

"커험! 험!"

군부 인사들은 수상의 말에 답변 대신 연신 헛기침을 했다. 이재에 밝지 않은 군인들이 보기에도 난감한 상황인 것만은 분명했다.

"후후, 우리가 한국을 병탄하지 못하고 여기서 물러나면 국민들이 가만히 있지 않을 거요. 또 재정이 파탄 나도 마찬가지. 유일한 방법은 폭도들을 처리함과 동시에 한국 병합을 당장 추진해서 돈 될 만한 거라면 다 한국에서 박박 긁어 오는 수밖에 없을 겁니다."

"알겠습니다, 수상 각하!"

"자, 그럼 미국에 특사를 보내는 일 이외에 무슨 일을 해야 하오?"

"지금 폭도들의 규모가 크다 하니 일단 관동주에 1개 사단, 한국에 3개 사단을 보내야 합니다. 모두 완편된 사단을 말입니다."

"그리고… 다른 부대들도 무장시켜 추가 투입을 준비해야 합니다."

군부 인사들이 한마디씩 내뱉을 때마다 사이온지는 머리가 지끈거렸다. 그 모든 게 다 돈이기 때문이다.

"그럼 도대체 얼마나 많은 군대를 보내야 하오?"

"정보를 종합해 보건대, 총 여섯 개의 사단을 보내야……."

"여섯 개? 허허! 이게 말이 되나? 한두 개 사단이면 충분히 한국 병탄을 추진할 수 있다고 말한 게 엊그제 같은데, 이미 세 개 사단을 잃고 다시 추가로 여섯 개 사단을?"

"끄응, 그건 적 정규군의 발을 묶은 다음 무장이 형편없는 폭도들만 상대했을 때나 가능한 얘기고, 지금까지 확인된 바 적의 무장은 우리 군에 필적할 정도로 잘되어 있고, 그 규모도……."

"그만하시오, 그만! 한 얘기 또 해봐야 무엇하겠소. 일단 네 개 사단을 준비시키시오. 다행히 적도들이 무슨 이유에서인지 평양에서 남하를 멈췄다고 하니 빨리 서두르시오."

"알겠습니다, 수상 각하!"

사이온지는 이 길었던 비상 대책 회의의 종결을 선언했다. 그의 얼굴 표정은 완전히 구겨져 있었다.

*　　　*　　　*

간도군 사령부는 지리산 쪽의 13도 의군을 제천과 소백산 쪽으로 이동시켰다. 문경의 의군 병력은 삼척 지역으로 옮겨 동해안 노선의 방어를 맡겼다. 또한 곡산 병력은 춘천으로 보냈다.

이렇게 급한 대로 일본군이 찔러볼 만한 쪽에 모두 부대를 배치한 다음 13도 의군을 정규군으로 재편성하기 시작했다. 고령의 병사들은 제대를 권유해 치안대로 재편성했다. 그리고 이들을 함경도와 평안도의 각 고을에 배치했다.

각 군마다 중대 혹은 소대 병력의 치안대를 보내 행정의 정상화 작업을 돕게 했다. 각 연대와 짝을 이뤄 민간 부문의 일을 하던 창의대는 군정이 실시될 지역에서 행정 업무를 맡기로 했다.

그에 따라 신기선, 허위, 이유인, 이강년, 심상훈 등은 여러 고을들의 행정 수장으로 임명됐다.

그리고 나머지 병력을 모아 제8사단이라 명명한 후, 사령부를 원주에 두기로 했다. 물론 간도군과 동일한 체계로 무장시켜 전보다 훨씬 나은 화력을 보유하게 될 것이다.

이제 최종적으로 간도군의 방어선은 대동강—강동군—곡산—평강—원주—제천—소백산—삼척을 잇는 라인으로 형성이 되었다.

또 정부는 행정 체계도 새로 개편하기 시작했다. 간도의 관료들은 황제에게 파격적인 안을 내어놓았다. 광역 행정 시스템을 이전의 '도' 단위에서 '주'로 바꾸고, 몇 개의 주 밑에 '도'를 두자고 제안한 것이다. 의아해하는 황제에게 태진훈은 다음과 같이 말했다.

"지금은 주가 몇 개 안 되겠지만, 앞으로 더욱 많은 영토가 늘어날 겁니다. 그럼 기존의 도 단위로는 행정망을 체계적으로 구성하기 어렵습니다."

황제는 활짝 웃으며 태진훈의 의견에 동의했다. 간도 관료들의 생각을 읽은 것이다. 태진훈의 보고에 따르면 현재 대한제국 정부의 세력권 안에 있는 지역은 다음과 같이 개편될 터였다.

먼저 화룡과 용정, 연길 지역은 '화정 특별 자치구'로 묶어 과학기술 및 교육 특구 역할을 맡게 된다. 당연히 이곳은 독립된 광역 행정 기구로 '주'와 동등한 지방 행정 단위로 자리매김할 것이었다.

이는 간도 관료들의 강력한 요청에 의해 결정된 사안이었다. 앞으로 이 지역은 기존 주민 이외에 더 이상 유민도 받지 않기로 했고, 외국인의 출입은 더욱 엄격히 금지된다. 즉, 미래 기술의 보호를 위해 보안을 강화한 것이다. 이 지역의 인구도 이미 충분했기에 특별 행정구역으로 편성한 것이다.

또 화룡에 있는 각종 연구소는 군부대의 삼엄한 경계 아래 출입도 엄격히 제한될 예정이었다. 아울러 백두산에 비밀 연구 시설도 설치하기로 했다.

현재 백두산의 동굴 무기고엔 여러 무기와 별도로 미래의 인문사회나 과학기술, 군사에 관한 온갖 자료가 밀봉되어 보관된 상태였다. 물론 모두가 디지털 데이터 상태로 존재했다.

이 동굴에 시설을 만들어 최고 등급의 비밀 인가 인증을 받은 이들만 출입이 가능하게 될 예정이었다.

'주' 단위의 개편안에 대한 설명도 이어졌다. 동간도와 서간도 지역은 그대로 '간도주'라 명명하기로 했다. 또 간도주 내에 다섯 개의 도를 설치하기로 했다.

화정 특구 이외의 동간도 지역, 즉 돈화, 명월, 송강진, 훈춘, 연추 지역 등이 동간도가 되었다. 서간도는 통화, 환인, 집안 지역, 무안도는 무순과 안동의 두 도시 이름 땄는데, 서간도보다 서쪽에 위치한 곳이었다.

해길도 역시 해룡성과 길림, 두 도시의 이름 중 한 자씩 따서 명명했고, 동목도 또한 동경성과 목단강시 지역을 영역으로 삼았다. 간도주의 수도는 돈화에 두기로 했다.

그리고 평안남북도와 함경남북도, 강원도, 이렇게 다섯 개 도는 '한북주'라 명명했다. 한북주의 수도는 지리적 위치를 고려해 함경남도 함주에 설치하기로 했다.

아울러 간도주 서쪽의 봉천과 장춘, 요동 반도 일부 등 새로 점령한 땅은 임시로 '연서주(延西州)'라 명명하고 주도를 봉천으로 정했다. 향후 많은 한국인 주민이 이주해 다수를 차지하기까지 군정을 실시하기로 했다. 또 앞으로 교전 지역이 될 한북주의 평안남도와 강원도의 일부 지역에도 군정이 실시될 예정이었다.

마지막으로 가장 중요한 문제가 남았다. 바로 대한제국의 새로운 수도를 정하는 일이었다. 모든 관료들이 여러 안을 놓고 격론을 벌인 이 사안은 결국 화전으로 귀결됐다.

앞으로 넓어질 영토를 고려했을 때, 화전이야말로 거의 정중앙에 위치한 도시라 할 수 있었다. 화전은 '세종특별시'로 이름이 바꾸게 된다. 주정부는 도시계획을 위해 이미 측량 기술자와 도시공학자들을 화전에 보낸 상태였다. 물론 화전에 새 수도가 들어서기 전까지 화룡이 임시 수도 역할을 하게 될 것이다.

*　　　　*　　　　*

황제는 오늘도 민우를 불러들였다. 한성에서 민우에게 많이 의지했던 그는 여기에서도 다른 어떤 관료보다 민우를 믿고 있었다. 황제는 일과가 끝나면 총애하는 관료를 불러들여 다과나 간단한 술자리를 갖는 일을 무척 좋아했다.

의친왕과 태진훈, 이상설, 최병주에 함경도 관찰사인 이범윤도 합석한 자리였다.

"주지사, 그간 노고가 많았소. 간도군이 자리 잡기 전까지 짐을 대신해 간도 백성을 보살피고 러시아 군과 협력해 왜적과 싸운 공이 어찌 작다 할 수 있겠소."

"폐하, 황은이 망극하나이다."

이범윤은 황제가 특별히 자신의 공을 챙겨주자 눈시울이 금세 붉어졌다. 또 그는 그 공로에 대한 보답으로 한북주의 주지사로 임명된 상태였다. 주지사로 부임하기 전, 황제와 이렇게 직접 대면해 사석에서 대화를 나누는 영광도 얻게 된 것이다.

"그런데 태진훈 참정대신이 할 말이 있다고 하지 않았소?"

"그러하옵니다, 폐하! 여러 대신들과 이 문제로 오랫동안 논의했습니다. 간도주의 주지사를 정하는 문제로 말이옵니다."

"당장 급한 일은 아니지 않소? 새 수도로 옮기기 전까지 간도 주정부가 그대로 중앙정부 역할을 하는 걸로 알고 있소만."

의아해하는 황제에게 태진훈은 몇 가지 설명을 덧붙였다. 이미 현 간도주 관료들의 업무 강도가 한계에 달해 지방행정은 새로 주정부를 구성해 이관해야 하며, 새 관료들의 훈련이나 양성도 중요한 과제라는 얘기 정도였다.

"허허, 그러면 누가 주지사가 되었으면 좋겠소?"

"여기 있는 이상설 참정부장으로 의견이 일치되었습니다."

"아니, 제가 무슨……."

태진훈의 말이 뜻밖이었는지 이상설은 어쩔 줄을 몰라 했다. 이상설에게 사전에 아무런 언질을 주지 않은 모양이었다.

"보재라면… 허허, 좋은 생각이오. 어떻소, 보재 생

각은?"

"폐하, 제가 조금 일찍 간도 관료들과 어울리며 행정 체계를 익혔다 하나 더 배울 게 많고, 아직 부족하나이다. 명을 거두어주시옵소서."

"허허, 아니오. 짐 또한 한성에서부터 그대를 각별히 생각하고 있었소. 주지사 자리를 받아주시구려."

"폐하……."

"하여간 이 건은 그리 정하면 되고, 그보다 주변국의 움직임이 어떻다 했나, 고 국장?"

"폐하!"

"어허! 이건 황명이오! 간도 주지사 지위를 받으시오."

황제는 짐짓 위엄을 갖추어 얘기했지만, 그의 눈은 웃고 있었다. 그리고 빨리 화제를 돌리자며 민우에게 눈짓을 보냈다.

"네, 폐하. 얼마 전, 성경장군 조이손이란 자가 백기를 들고 나타나 봉천에서 우리 군을 물리라고 큰 소리를 쳤다 합니다."

"하하! 그랬나? 그래서 어떻게 했나?"

"추명찬 사단장이 작년의 늑약을 너희들이 추인했지 않았냐, 그러므로 우리 외교권은 일본에 있으니 일본에 따지라 말했다고 합니다.”

“하하하하! 진정 생각할수록 재미있어. 추명찬 장군도 당찬 구석이 있구려. 아니, 능구렁이 같다고 해야 하나? 허허허!”

“결국 그자는 두고 보자는 말만 내뱉고 돌아갔다고 합니다. 지금 북양군이 올라오고 있으니 각오하라며…….”

“흠, 또 전투를 벌여야 한단 말인가?”

“북양군 정도면 어린애 손목 비틀 듯 처리할 수 있으니 심려 마시옵소서.”

“하기야. 알았네. 다른 소식은 없나?”

“지금 러시아의 움직임이 분주해지고 있다고 합니다. 블라디보스토크에 있는 최봉준 사장이 전해 온 말에 따르면…….”

이미 러시아 측도 연해주와 만주, 한반도에서 일대 격전이 있었음을 잘 알고 있었다. 그리고 간도군의 무력에 대단히 놀란 모양이었다. 극동 총독부는 이러다 만주에 대한 이권을 한국에 빼앗기는 거 아니냐며 무척 긴장하고 있지만, 중앙정부는 이렇다 할 지침을 내려주지 않고 있었다.

사실 러시아 황제는 밑에서 스멀스멀 올라오는 혁명의

기운을 억누르느라 다른 일은 거의 신경 쓸 수가 없었다. 군부 인사와 극동 지역의 관료들은 어떻게든 간도의 한국군을 압박해야 한다고 연신 보고서를 올렸지만, 중앙정부는 포츠머스 조약의 체계만 유지하라는 답변만 내려보내고 있었다. 결론적으로 가만히 있으라는 명령이었다.

"그러면 러시아 쪽은 어찌해야 하나?"

"폐하, 계속 삼강 평원 쪽으로 병력을 올려보내야 합니다. 마적 토벌을 핑계로 동청 철도를 넘어 병력을 배치해야 우리가 훗날 이 지역을 차지할 명분을 쌓을 수 있습니다. 현재 무주공산과 다름없으니 파병을 미룰 이유가 없습니다."

"북만주 지역이 자신의 이권 지역이라며 러시아가 따져 물으면?"

"그저 계속 마적 핑계만 대는 수밖에 없습니다. 계속되는 마적 침탈로 몹시 괴롭다. 그러니 그 근거지를 쳐 뿌리를 뽑아야겠다. 이런 논리를 내세우는 겁니다. 또한 조심스레 동청 철도를 우리가 살 의향이 있다는 얘기도 흘려야 합니다."

"저들이 응할까?"

"물론 지금은 펄쩍 뛸 것이오나, 시베리아 횡단 철도

가 개통된 상황이라 동청 철도의 효용성은 점차 줄어들고 있나이다. 동청 철도는 그저 이권 침탈을 위한 장치에 불과한지라……."

"한마디로 만주에서 뭘 얻기 어렵다 판단되면 언제가 팔 거란 말이지?"

"그렇습니다, 폐하!"

"흠……."

"하지만 언젠가 러시아와 한판 벌일 수 있단 것도 염두에 둬야 합니다. 물론 저들은 지금도 그렇고, 앞으로도 그렇고, 여력이 없어 중앙군을 움직일 수는 없을 겁니다. 만약 저들이 도발을 하게 된다면 결국 상대는 극동군 정도가 될 겁니다."

"걱정이로다. 괜찮을까?"

"최소 몇 년은 괜찮을 겁니다. 그사이 우리 군은 더 강해져 있을 것이옵니다."

"알겠네. 다른 서구 열강은 어떻게 움직이겠는가?"

황제는 다른 이의 존재를 잊기라도 한 듯 민우와의 대화에 열중했다.

"미국과 영국은 끝내 일본 편을 들 겁니다. 하지만 독일이나 프랑스 등은 내심 우리와 제휴하길 원할 거라 예상하고 있습니다."

"그렇겠지. 그럼 어떻게 하면 좋겠는가?"

"일단 수분하시에 러시아의 연락소나 영사관을 개설해 러시아와 대화를 계속해 나갈 수 있도록 하고, 독일과 프랑스는 봉천을 통해 연락하면 될 거라 판단하고 있습니다."

"흠, 봉천에 영사관을 개설하자?"

"그렇사옵니다. 우리가 영사관을 열면 저들이 알아서 연락 창구를 개설할 것이옵니다. 그럼 자연스레 외교적인 대화 채널이 열리게 됩니다. 물론 우리가 외교권이 없는 상황이라 이런 교류는 비공식적으로 진행될 겁니다."

"허허! 좋군, 좋아."

황제는 민우를 향해 만족스런 미소를 지었다. 이어 황제의 시선이 의친왕에게 향했다.

"의친왕. 그래, 짐이 지시한 건 잘하고 있는가?"

"그렇사옵니다, 아바마마. 법부대신 한지영과 더불어 긴히 의논하고 있나이다."

"그래, 일이 마무리되면 곧바로 법부대신과 더불어 짐을 찾아오거라."

"네, 폐하!"

민우를 비롯해 이 자리에 합석한 이들은 황제와 의친왕 간에 나누는 얘기에 대해 잘 모르는 모양이었다. 그저 고개를 갸웃거리며 부자간의 대화에 집중했다.

　민우의 말대로 서구 제국 중 가장 먼저 반응을 보인 것은 독일이었다. 간도에 배달할 물품을 싣고 블라디보스토크 항으로 들어온 볼터는 바로 최봉준 사장을 통해 간도로 연락했다.
　연락을 받은 민우는 급히 목단강역으로 달려왔다. 볼터는 여러 독일인과 동행해 왔다. 그런데 그중 한 인물이 매우 낯익었다. 민우는 짐짓 놀랐으나 모르는 척했다.
　"허허, 오랜만입니다, 고 국장님."
　"볼터 사장님도 신수가 훤해지셨습니다."
　언제나 그렇듯 둘은 나이 차를 뛰어넘어 친구처럼 대화를 나누었다.
　"자, 그럼 우리 사무실로 들어가시죠."
　민우는 목단강역 남쪽에 있는 건물로 이들을 안내했다. 계속되는 무역 업무를 처리하고자 아예 새로 사무실을 만든 모양이었다.
　"두 분 간에 면식이 없지요? 이분은 독일 제국의 전권대사로 온 잘데른 경입니다."

"아, 반갑습니다. 제 처지 탓에 한성 공사관에 계실 때 인사를 드리지 못했습니다. 전…….

"하하! 누군지 압니다, 고민우 국장."

잘데른은 호탕한 미소를 지었다.

"이번에 대한제국이 크게 한 건 했더군요. 지금 그 일로 유럽이 난리가 났습니다그려."

"하하, 겨우 이 정도 일로 난리까지…….

"이 정도 일이 아니지요. 만주와 연해주, 한반도 북부의 일본군을 깨끗이 몰아낸 간도군 아닙니까? 다들 새로운 변수로 갑자기 떠오른 간도군… 아니, 간도 세력에 대해 다들 궁금해서 밤잠도 못 이룰 정도입니다."

잘데른은 볼터를 통해 소상히 들어 알고 있는 모양이었다. 그래서 철저히 대한제국과 간도를 분리해서 말을 했다.

"그렇습니까?"

"그나마 우리 독일이 가장 많이 알고 있다지만, 우리도 잘 아는 건 아니니 답답한 노릇이지요."

"무엇이 그리 궁금하십니까?"

"정체요."

"네?"

"허허! 농담입니다."

외교관다웠다. 부드러운 말투 속에 살짝 진심을 내비치는 말투.

"암튼 아국 폐하는 대한제국과 비공식 외교 채널을 열기를 원하고 계십니다. 상시적으로 대화할 수 있는 채널을 말입니다."

"우리도 마다할 이유가 없습니다."

민우는 봉천의 영사관 설립 건을 제시했고, 잘데른도 그게 좋다며 고개를 끄덕였다.

"그리고… 저번에 볼터 사장을 통해 보낸 물품 말입니다. 그거 때문에 학자들 사이에 대소동이 일어났습니다."

"아, 그렇습니까?"

민우는 득의의 미소를 지었다.

"그 스트렙토마이신이란 약 말이오. 그 약품을 여기저기 나눠 갖고 실험하던 중 우리 정부의 어느 고위급 인사가 결핵으로 사경을 헤매고 있어서 할 수 없이 그 약을 처방해 보았습니다. 그런데… 정말로 깨끗이 낫더군요. 그래서 보내주신 설명서대로 몇 사람에게 시험 투약을 해보았습니다. 그 결과는……."

잘데른은 잠시 뜸을 들인 후 말을 이어갔다.

"기적이라더군요. 기적의 영약이라고."

"생각보다 반응이 빨리 왔네요."

"흠, 역시 예상하셨군요, 고 국장은."

"그렇습니다."

"하여 이 약을 대량으로 수입하길 원하고 있습니다. 또 가능하다면 제조법 공유도 가능할지. 물론 특허를 인정하고, 그 이익금의 일부 지분을 독일 정부가 보증해 보내 드리겠습니다."

"좋은 제안이군요. 아마도 독일에서 자체적으로 제조하자면 시간이 꽤 걸릴 겁니다. 약의 정제가 쉬운 기술이 아니라서. 하지만 당분간 약을 대량으로 공급해 드릴 수는 있을 것 같습니다. 물론 조금 비싸기는 합니다만······."

"괜찮습니다. 지금은 고가로 구입하더라도 제조법을 가르쳐 주겠다는 약속만 보장된다면 상관없습니다."

민우는 잘데른의 말에 쾌재를 불렀다. 자신 또한 황제로부터 전권대사로 위임 받아 와서 결정권이 있었다. 이왕 이렇게 된 거, 맘껏 그 권리를 활용해 보기로 했다.

"아마··· 우리에게 고가로 구입하신다 하더라도 다른

유럽 제국에 더 많은 이윤을 붙여서 파실 계획도 있으리라 생각됩니다만."

"험험, 고 국장 성격이 매우 독특하네요. 이런 불편한 말도 서슴없이 하는 걸 보면."

잘데른은 내심 불쾌하다는 듯 살짝 얼굴을 찌푸렸다.

하지만 민우는 그 속내를 모두 읽고 있었다. 이 또한 연기이리라.

"그러면 이렇게 합시다. 독일 제국에 독점 판매권을 드리겠습니다. 물론 볼터 사장의 회사를 창구로 해서 말이죠."

"오, 고맙습니다."

"대신 그 권리에 대한 대가와 약품의 대금, 그리고 5년 이후 제조법을 넘기는 조건으로 독일 제국의 신형 군함을 두 척 정도 받겠습니다. 어떻습니까?"

"헉! 군함을?"

"그렇습니다. 물론 더 많은 물량을 파실 수 있다면 이를 약품 현물이나 황금으로 지불해 드리겠습니다."

돈이 문제가 아니었다. 군함을 파는 문제는 여러 국제 정치적 문제와 뒤엉킨 사안이라 아무리 전권대사라 하더라도 쉽게 결정할 수 있는 사안이 아니었다.

"흠, 놀랍습니다. 이제 막강한 육군에 이어 해군까지 보유하겠다? 솔직히 흉금에 있는 모든 의문을 이 자리에서 해소하고 싶습니다만 그건 힘들 테고, 하나만 물어봅시다. 대한제국군, 아니, 간도군의 병력 규모는 도대체 얼마나 됩니까?"

"비밀입니다."

"으, 역시……."

"죄송합니다."

민우는 딱 잘라 답변을 거절했다. 그에 잘데른은 살짝 미끼를 던진다.

"그 강성하다던 일본군 몇 개 사단을 간단히 무찌른 걸 보아 최소 10만은 넘는 것 같은데……."

민우는 잘데른을 향해 그저 웃음만 흘렸다.

"와우! 내 말이 맞다는 뜻?"

"전 아무 말도 안 했습니다만."

"허허, 알겠습니다. 젊은 분이 대단합니다. 우리 노회한 외교관들보다 더 능구렁이 같습니다."

"하하, 그렇습니까?"

"그리고 무장은 우리 독일제 무기와 러시아제 무기에다 자체 생산한 무기를 혼용해 쓰신다고요?"

"그렇습니다."

그 사안은 비밀이 아니어서 민우는 흔쾌하게 답변했다.

"이번에 대포도 대량 사용했고, 기관총도 썼다고 들었습니다. 맞습니까?"

"그렇습니다."

"그럼 그것도 자체 생산한 겁니까?"

"물론입니다."

"놀라운 일입니다. 어떻게 대한제국이 단기간에 그런 능력을 보유하게 됐는지……. 아니, 간도 세력이라 해야 하나?"

잘데른은 진심으로 찬탄하고 있었다. 그의 임무 중 하나가 바로 간도 세력의 생존 가능성도 알아보는 것이었다.

사실 이 문제는 무척 중요했다. 현재 독일 제국은 서구에서 외교적으로 점차 고립되고 있었다. 심지어 전쟁의 기미마저 스멀스멀 피어오르고 있는 참이었다.

동쪽의 적은 러시아이고, 서쪽은 프랑스였다. 만일 간도 세력을 중심으로 한 대한제국이 일본의 압박을 이겨내고 굳건히 국권을 지킬 수 있을 정도가 된다면 필경 러시아와 갈등할 수밖에 없을 것이라 예상했다.

그렇다면 독일은 반드시 대한제국과 좋은 관계를 유지해야 했다.

"좋습니다. 군함 문제는 내가 귀국해서 폐하의 재가를 얻은 후 답변을 드리겠습니다."

"감사합니다. 그리고 봉천에 영사관을 개설하는 건도 부탁드리겠습니다. 물론 화룡에서 봉천까지 곧 전신망도 개설할 겁니다."

"허허, 알겠습니다. 청국의 허락을 얻어 영사관을 열겠습니다. 참 이상한 상황입니다. 봉천을 취한 나라는 귀국인데, 청국의 허락을 받아야 하다니."

잘데른은 민우와 나눈 대화가 흔쾌했는지 만족스런 표정으로 얘기를 마무리 지었다.

제4장

황제의 결심

광무 10년(1906년) 9월 1일.

화룡 사람들이 줄을 지어 북쪽의 동산으로 향했다. 남자들은 모두가 흰 두루마기 차림이었다. 흰 갓을 쓴 이도 많이 눈에 띄었다. 여성들 또한 소복을 꺼내 입었다.

한마디로 인산인해. 화룡 북쪽 골짜기가 온통 흰색으로 뒤덮였고, 마치 흰빛 강물이 흐르는 듯했다.

이번 작전의 규모가 컸던 때문인지 간도군도 백 명이 넘게 전사했다. 또 시위대의 한성 전투에서도 꽤 많은 희생자가 나왔다. 간도 주정부는 1차적으로 전투가 마무리되자 정식으로 합동 추모식을 개최하기로 했다.

추모식 자체도 나름 의의가 있지만, 황제가 간도로 왔고 그 때문에 이제 간도가 명실상부 대한제국의 중심이 됐다는 것을 만천하에 드러내는 일이기도 했다.

바로 백성들과 황제가 첫 대면하는 자리였기 때문이다.

주정부는 행사의 규모나 의전에 꽤 신경을 썼다. 늘 실용적인 것만 추구하던 이들이었다. 하지만 황제의 존재도 그렇고, 나라의 기틀을 잡아 나갈 때가 되었다고 판단을 내렸다.

백두산 창고에서 여러 의전용 복식을 꺼내 와 새로 창설된 근위대에 지급했다. 그새 실력이 부쩍 성장한 군악대도 빠질 수 없었다.

각 전장에서 숨진 장병들은 현지에서 화장을 한 후, 유골과 유품만 챙겨 왔다. 그리고 유골은 화룡 북쪽 계곡에 조성한 국립묘지에 오늘 안장되었다.

황제는 이 자리에서 전사자의 넋을 위로한 후, 그들의 가문을 '공훈가' 라 칭할 것과 연금을 지급함은 물론, 가족들에게 여러 우대 혜택을 제공하겠다고 선포했다.

그리고 군악대의 연주를 끝으로 식이 모두 마무리될 즈음, 갑자기 황제가 연단으로 앞으로 다시 나왔다. 황제는 느릿느릿하면서도 또박또박 말을 하기 시작했다. 누가 들어도 오랫동안 고심하고 준비한 말로 들렸다. 황제의 목소리가 스피커를 통해 널리 울려 퍼졌다.

"간도의 충신들과 아국의 모든 백성들은 들으라! 짐은 이 나라의 황제로서 할 수 있는 모든 방책을 써서 왜적의 침탈을 막으려 했으나 역부족이었다! 짐의 무능함 탓인지, 우둔함 때문인지 결국 나라의 외교권을 빼앗기는 치욕을 당했도다! 하지만 하늘의 보살핌으로 간도군이 분연히 떨치고 일어나 풍전등화의 위기에 놓인 아국을 구했으니, 짐이 비록 군주라 하나 어찌 이 충성스런 신하와 백성들에게 무릎을 꿇고 감읍해하지 않겠는가!"

황제는 잠시 말을 멈추고 주변을 둘러보았다. 어쩌면 격해지는 감정을 다스리기 위한 행동일지로 모를 일이었다.

"부족한 짐이 하늘의 명을 받아 황제의 위에 오르고 대한제국을 건국하였으나, 10년도 안 되어 나라는 누란지위에 처하고 백성의 삶은 도탄에 빠졌으니, 짐의 덕이 부족하다 어찌 말하지 않을 수 있으랴! 바야흐로 세상의 흐름을 살펴보건대, 이미 시의는 하루가 다르게 바뀌고 있고, 새로운 질서가 태동하고 있음을 깨달았노라. 이에 짐은 다음과 같이 선포하노라! 앞으로 대한제국의 모든 권력은 백성에게 있고, 백성으로부터 권력이 나오느니라! 또 아국은 그런 나라가 될 것이다! 이에 짐과 황실의 처우 또한 백성들이 결정하길 바라노라. 그리하여……."

"아, 이런……."

"헉! 이게 무슨……."

황제가 얘기하고 있음에도 불구하고 모든 관료들이 술렁거렸다. 특히 황제의 측근들이 무척 놀란 모양이었다. 현상건과 이학균, 최병주 등은 멍한 표정으로 황제의 발언을 듣고만 있었다.

놀라기는 민우와 그의 친구들도 마찬가지였다. 황제가 요즘 어떤 생각을 하고 있는지 조금 눈치를 챘지만, 지금 이 시점에서 이렇게 공개적으로 선언할 줄은 꿈에도 몰랐던 것이다.

"아무래도… 작년, 을사년의 비극을 겪으며 심경에 많은 변화가 생기신 모양이야."

민우의 말에 준태는 고개를 끄덕였다.

"게다가 외부 세력이랄 수 있는 우리의 역할이 컸으니, 명분상으로도……."

"그 말을 들으니 왠지 슬퍼지는군."

"그렇긴… 하지.."

"어떻게 될까요? 앞으로?"

윤희 또한 무거운 표정으로 입을 열었다.

"글쎄, 결국 문제는 사람들의 생각이겠지. 공화국을 고집하는 이들이 많으면 공화정이 되는 거고, 그렇지 않으면 수순대로 입헌군주국의 길을 걷지 않을까?"

"안 될 말이네. 공화정이라니!"

세 사람의 대화에 송선춘이 발끈해 나섰다.

"황실을 폐해야 할 정도로 폐하께 과오가 있단 말인가. 간신배들이 조정에 득실거리고, 또 그놈들이 왜놈의 앞잡이로 변신해 사사건건 나라에 위해를 가하더니 결국 나라까지 팔아먹었네. 이런 형국에서 폐하인들 어찌할 수 있었겠나? 또 이 나라는 폐하의 나라이네. 자네 말대로 간도인들의 역할이 컸다 하나 폐하의 역할도 간과하면 안 되지 않나. 엄청난 규모의 황실 자금도 대주셨고……."

송선춘은 작지만 강한 톤의 목소리로 가슴에 담아두었던 말을 속사포처럼 쏟아냈다. 그간 민우와 지내면서 많은 생각을 했던 모양이다. 어쩌면 약해지는 자기 자신의 말을 다잡기 위한 것일지도 몰랐다.

"송 주사, 고정하게. 그리고 난 자네 말이 맞다 생각하네."

"음······."

"솔직히··· 난 상관없어. 공화정이든 입헌군주제든. 늘 말했지 않나, 백성만 행복하면 된다고. 명목상 이 나라가 황제의 나라든 백성의 나라든 그게 뭔 상관인가? 백성의 나라란 명분을 얻었다 한들 그 나라의 백성은 행복해질 까? 중요한 건 실질적인 제도이고 내용이지. 또 그런 틀을 운영하는 사람도 중요하고."

"어쨌든! 황실을 폐하는 일은 절대 일어나선 안 되네."

"하하, 나도 그러고 싶네만··· 절대라는 말을 감히 내가 어떻게 하겠나. 그리고··· 왠지 그런 나라를 만들 수 있을 것 같다는 생각도 들어. 조금 힘 있는 황실의 존재도 나쁘지 않은 것 같고. 먼 미래의 일이야 모르겠지만 말이야."

"무슨 뜻인지 모르겠군."

"두고 보면 알겠지."

민우의 입가에 쓸쓸한 미소가 맺혔다.

"그럼 어쨌든 의회 구성에 대한 것도 염두에 둬야 하지 않겠어요?"

윤희의 말에 준태가 고개를 끄덕거렸다.

"그렇긴 한데··· 서두를 필요가 있을까? 행정 체계도 정비가 안 된 상황이고, 아직 국난이 끝난 것도 아니니. 또 백성들이 공통된 가치관을 형성하고 기본적인 정치적 소양에 눈을 뜬 후에 실시해야 문제가 없을 거라며 폐하께 대신들이 조언하는 모양이더라고."

준태는 살짝 고개를 들어 아직도 발언을 하고 있는 황제의 모습을 바라보더니 낮은 톤으로 대답했다.

"그럼 민의는 어떻게 수렴한대? 아무리 비상시국이라도 그런 과정이 빠지면 분명 문제가 발생할 텐데?"

"당분간 중추원이 그 역할을 해야 하겠지."

중추원(中樞院)은 백성 대표와 황실 대표로 구성된 일종의 '의회'와 같은 기구였다.

"지금까지 유명무실했다고 하나, 당분간 조금 더 자율성을 부여하고 백성 대표의 수를 늘려 임시로 의회 역할을 맡기면 괜찮지 않을까?"

준태의 말에 윤희와 민우가 동시에 고개를 끄덕였다.

결국 황제의 발언이 마무리되었다. 상당히 긴 연설이었다. 모든 순서가 끝나자 여러 관료들이 황제에게 다가가 덥석 부복하더니 큰 목소리로 고하기 시작했다. 눈물을 흘리는 이도 있었다.

황제의 선언은 간도인과 구 관료들에게 새로운 화두를 던진 셈이 되었다. 그런데 의외로 한성 출신 관료들은 담담한 태도를 보였다. 처음엔 깜짝 놀라 황제에게 선언을 철회해 달라고 간청하기도 했지만, 그때뿐이었다.

이학균, 현상건, 최병주 등의 황제 측근들도 마찬가지였다. 특히 현상건은 오히려 황제가 이런 행보를 보임에 따라 앞으로 등장할 공화주의자들의 공격을 미리 막아낼 수 있게 되었다며 흡족해했다. 총명한 그의 두뇌가 이미 향후 벌어질 일들을 모두 예측해 둔 모양이었다.

이상설, 이회영, 김구, 신채호 등은 이미 예상했다는 듯한 투였다. 간도에서 여러 서책들과 지식을 접하고 많은 사상적 변화를 겪은 후였기 때문이다.

하지만 유림 출신의 재야 지식인들은 몹시 강경한 태도를 보이고 있었다. 천부당만부당한 일이라며 연일 상소를 올려 댔다.

황제는 바깥의 반응이 어떻든 그저 자신이 할 일을 해나갔다. 다음 날 열린 회의에서 또 다른 후속 조치가 발표되었다.

"앞으로 몇 달 후, 임시 대한국 헌법을 제정 반포하겠소. 의친왕부와 법부 관료들이 초안을 준비하고 있으니,

다들 그리 아시오."

황제는 거침이 없었다. 최초의 근대 헌법 격인 '대한국국제(大韓國國制)'가 이미 1899년에 선포되었지만, 대한국이 독립국임과 전제군주로서 황제의 권리만 규정해 놓은 선언서 정도에 불과했다.

이제 황제는 진정한 헌법을 만들려고 했다. 아울러 헌법 이외에 형법과 행정법 등 각종 법률도 뒤따라 반포될 예정이었다. 다만, 진정한 의미의 입법기관이 들어서서 이 법들에 정당성을 부여하기 전까지 임시 헌법이요, 임시 법률의 지위에 머물게 될 것이다.

"아울러 신하들의 의견이 일치된 사안들은 모두 추인하겠소. 먼저 군부의 건이오. 이제 시위대와 진위대는 모두 해체하고 대한국군 통합 사령부를 출범시킬 것이오. 초대 원수는 장순택 군부대신이 맡으시오. 물론 군부대신 일도 겸해서 말이오."

"황은이 망극하나이다, 폐하!"

"그럼 군부대신이 군 체계 개편에 대해 발표해 주시오."

"네, 폐하."

장순택은 군 계급 체계 개혁안부터 발표하기 시작했다.

"기존의 '졸'이란 계급 명칭을 없애고, 간도군 방식대로 이병, 일병, 상병, 병장 등 4등급 체계로 바꿀 겁니다. 또한 사관에서 영관까지는 기존 군 체계대로 참, 부, 정으로 통일됩니다. 장군 계급은 간도군과 기존 계급 체계를 혼용해 참장, 소장, 중장, 대장, 원수순으로 개편하기로 했습니다. 그리고 타 부서의 문관에게 부여됐던 모든 군 계급은 오늘부로 취하할 겁니다."

그의 말에 따라 군 계급은, 이병, 일병, 상병, 병장, 참교, 부교, 정교, 특무정교, 참위, 부위, 정위, 참령, 부령, 정령, 참장, 소장, 중장, 대장, 원수순으로 결정됐다.

"아울러 해군 무관 학교를 청진에, 공군 무관 학교를 화룡에 개교하기로 했고, 가장 남쪽에서 싸우고 있는 8사단의 사단장으로 김두성을 임명하기로 했습니다. 계급은 육군 중장으로 조정했습니다. 김두성 중장은 8사단장 역할 이외에 삼남에서 싸우고 있는 의병 조직의 수장도 겸임하게 될 겁니다."

장순택은 이들 사안 외에 이번 전투의 전공에 따라 논공행상이 있을 것이란 것도 발표했다. 현재 부령(중령) 계급의 연대장은 모두 정령(대령)으로 승진하게 될 것이며, 참장 계급으로 사단장을 맡고 있는 이들, 즉 4사단장 추명찬, 5사단의 김인수, 6사단장 허찬, 7사단장 오민구 등은 모두 참장(준장)에서 소장으로 승급될 것이라 했다. 또 비상시국이 마무리 되는대로 군 조직을 다시 개편하기로 했다.

이제 황제의 간도행에 대해 세상 모두가 알게 되었다. 대일 선전 포고문이 산동 반도의 지푸에서 전신을 타고 전 세계로 타전되었기에 당사국인 일본도 당연히 알게 되었다.

각국의 국민들도 마찬가지였다. 여러 통신사들이 이 사실을 타전했고, 그것을 각국의 신문들이 받아 썼다. 덕분에 해외에 나가 있는 한국인 인사들도 이 소식을 접하게 되었다.

물론 국내 사정도 다를 바 없었다. 황성신문과 대한매일신보는 연일 시위대의 봉기 소식과 그 뒷이야기를 다루면서 '황제의 행방이 묘연하다는 것과 간도로 향했다는 소문이 돌고 있다'고 보도했다. 또한 일본군이 평안도와 함경도에서 간도군에게 크게 패했다는 소식도 빼놓지 않고 실었다.

이로 인해 민심은 또 한 번 크게 요동쳤다. 일찌감치 친일 부역자로 전향한 자들은 더 노골적으로 부역 행위를 하게 되었다. 어차피 돌아올 수 없는 강을 건넜다는 사실을 깨달았기 때문이다.

하지만 그 경계선 상에 있던 자들은 당연히 움츠러들 수밖에 없었다. 하지만 일반 민중들은 환호작약했고, 더욱더 많은 이들이 북쪽으로 떠날 결심을 하게 되었다.

덕분에 수많은 인물들이 연일 간도로 쏟아져 들어왔다. 우선 곳곳에서 항일운동에 앞장섰던 재야 유림 인사들이 서둘러 간도로 향했다. 신지식인들도 마찬가지였다. 평양과 한성에서 교육 계몽운동에 힘을 쏟던 이들은 신문명이 꽃피고 있다는 간도의 실체를 확인하고 싶어 했다.

또 출세를 꿈꾸며 간도로 향하는 이들도 있었다. 어쨌든 황제가 있는 곳이 서울이니, 그곳으로 가야 앞길이 열린다 판단한 모양이었다.

해외에 나가 있던 인사도 마찬가지였다. 미국 샌프란시스코에서 활동하던 안창호가 먼저 태평양을 건너왔다. 또 연해주의 지식인들도 일부 간도로 넘어왔다. 그리고 무엇보다 상하이의 이용익과 러시아 공사였던 이범진, 헐버트 같은 거물급 인사도 황제를 찾아왔다.

"폐하, 신 이용익 폐하께… 문후를……."

"허허. 석현, 그대도 눈물을 보일 때가 있구려."

"폐하……."

황제는 단에서 내려와 이용익의 손을 잡았다. 가장 가까운 곳에서 자신을 지켜주었던, 가장 든든한 신하였다.

"자, 이제 조금만 더 가면 되오. 이제 자주 독립의 발판을 마련하였으니, 조금만 더 노력하면 우린 자주국을 넘어 세계열강으로 우뚝 서게 될 것이오."

"반드시… 그리될 것이옵니다, 폐하."

이용익과 인사를 끝낸 황제는 그 옆에 부복해 있는 이범진에게 시선을 돌렸다.

"이범진 공사, 그간… 참으로 수고 많았소이다. 그대를 마주 대할 면목이 없구려."

"폐하……."

이범진(李範晉) 또한 감격했는지 눈이 벌게져 있었다. 러시아에서 을사늑약이란 청천벽력 같은 소식을 듣고 수많은 나날을 뜬눈으로 지새웠다. 본국에서 날아온, 공사관을 철수하라는 명령을 일언지하에 거절하고 러시아 정부에 이 조약의 부당함을 알리기 위해 백방으로 애를 썼다.

그런데… 갑자기 큰 반전이 일어났다. 그리고 더 이상 좋을 수 없는 방향으로 변화가 일어났다. 그는 아들 이위종(李瑋鍾)—이상설, 이준과 더불어 헤이그 밀사 3인에 속한 인물로, 이 사건 뒤에 연해주에서 독립운동을 하게 되는—을 데리고 뒤돌아볼 것도 없이 냉큼 간도로 왔다.

간도의 관료들은 감격한 표정으로 이들의 상봉 장면을 지켜보고 있었다. 민우와 준태, 윤희도 마찬가지였다.

이범진은 진정 큰 인물이었다. 을사늑약 이후, 귀국하지 않고 그대로 러시아의 수도 상트페테르부르크에 눌러앉아 독립운동에 힘쓰다 1910년 결국 경술국치를 맞자 자결을 결심하게 된다.

그는 황제 앞으로 다음과 같은 내용의 유서를 남겼다.


우리나라 대한제국은 망했습니다.

폐하는 모든 권력을 잃었습니다.

저는 적을 토벌할 수도, 복수할 수도 없는 이 상황에서 깊은 절망에 빠져 있습니다. 자결 외에 제가 할 수 있는 일이 없습니다.

오늘 목숨을 끊으렵니다.

1911년 1월 26일, 그는 천장의 램프 갈고리에 혁대를 걸어 목을 맨 상태에서 세 발의 권총을 쏘아 자결했다. 당시 나이 향년 59세. 그는 크즈네초프 경찰서장에게도 유서를 남겼다.

서장님, 지금 한국에서 일어난 상황들, 국권 침탈은 저에게 목숨을 보전할 어떠한 희망과 가능성도 앗아갔습니다. 적에게 복수할 방법이 없기에 저는 진정 자결을 결심합니다.

자결하기 전에 그는 모든 재산을 독립운동에 기부했고, 그 돈은 연해주 독립운동에 큰 도움이 되었다.

준태의 눈에도 어느새 눈물이 고여 있었다. 그의 최후를 너무도 잘 아는 그였다. 다행스럽게도 앞으로 절대 일어나지 않을 일이 되었지만, 어쨌든 그 일은 준태의 가슴 속에선 이미 일어난 일이었다.

이렇게 간도인들은 여러 인사들의 최후 행보를 보고 그 사람을 판단하고 있었다. 행동으로 그 인물의 됨됨이를 알 수 있기 때문이었다.

이런 거물급 인사들과 다양한 계층의 다양한 사상을 가진 이들이 간도로 몰려오자 간도의 지식인 사회는 점차 그 양과 질이 풍부해져 갔다. 아울러 간도인들이 서둘러 만든 교육기관에서도 인재가 양육되었고, 간도인들과 함께 일하며 깨우친, 수많은 간도 지역민 출신 지식인 사회도 성장하고 있었다.

이런 현상이 반드시 좋은 쪽으로만 작용하는 것은 아니었다. 지식인들의 사상적 스펙트럼이 다양한 만큼 충돌도 잦았다. 특히 유림 쪽에서 자주 충돌이 일어났다.

이런 일이 잦아질수록 자신의 생각과 같은 이들끼리 어울리게 된다. 결국 이런 경향은 정치적 정파의 결성으로 귀결될 것이다. 앞으로 러시아로부터 점차 공산주의 이념도 들어오게 될 것이다. 그래서 앞으로 정파 문제는 더욱 뜨겁게 간도 사회를 달구게 될 것이다.

하지만 일단 간도인들은 이런 현상을 환영하는 분위기였다. 논쟁은 잦을수록 좋다. 인재 또한 많을수록 좋다. 뜨거운 정치적 논쟁은 사회를 성숙시킨다. 남을 비판하려면 자신은 비판 받을 빌미를 제공하지 말아야 한다.

윤리적으로도 그렇고, 말에 책임을 질 수 있어야 한다. 조선 사회에 당파 논쟁이 치열할 때, 오히려 민중들은 편안한 삶을 살았다는 역사적 사실이 말해주듯이.

그리고 곳곳에 인재가 부족한 간도의 현실에서 볼 때,

일단 사상은 다음 문제였다. 부일 매국노만 아니면, 거기에서 한발 더 나아가 도덕적으로 청렴한 인물이면 무조건 등용했다.

그리고 간도인들이 믿는 구석도 있었다. 이미 간도의 행정 체제는 민중들에게 전폭적인 지지를 얻고 있고, 간도인들의 영향을 받은 인재들이 곳곳에 포진해 큰 규모로 성장하고 있었다.

이용익은 며칠 동안 머물며 간도의 여러 관료들과 밀담을 나눈 후, 다시 상하이로 향했다. 아직 그는 상하이에서 할 일이 많았던 것이다. 헐버트는 그대로 간도에 남아 황제를 보필하기로 했다. 또 틈틈이 사범학교를 돌며 영어 교관으로 일을 하기로 했다.

이범진 공사는 다시 러시아로 떠났다. 이범진에게 부여된 새 직위는 임시 유럽 특명 공사였다. 아들 이위종은 간도에 남았다. 그렇다고 이범진이 홀로 러시아로 돌아간 것은 아니었다.

정부는 특전대원 중 영어가 가능한 대원을 몇 명 찾아 제대시킨 후, 소속을 외부로 바꾸었다. 졸지에 대원들은 외교관, 그중에서도 특히 무관 역할을 맡게 되었다. 또한 외부 소속의 직원 중 한 명을 뽑았다. 이들을 모두 이범진 휘하에 배속시킨 후 러시아로 보냈다.

이제 이들은 러시아의 상트페테르부르크와 베를린, 파리 등에 새로운 연락소를 만들게 된다. 을사늑약 이후 대한제국의 공사관들이 줄줄이 폐쇄되었기에 이의 복원이 필요한 상황이었다. 그래서 다시 외교권을 찾기까지 이 연락소들을 통해 각국의 정부와 연락을 주고받기로 했다. 또 이들이 자리를 잡은 후에 더 많은 인력을 보내 대외 정보를 수집하는 일도 맡길 생각이었다.

*         *         *

너무도 큰 패배를 당한 나머지 큰 혼란에 빠졌던 한국 통감부와 한국 주차군 사령부.

조금 시간이 흘러 제정신이 돌아오자 그들은 이제 두려움에 떨기 시작했다. 본국에서 보내준다는 새로운 병력이 도착하려면 아직 시간이 꽤 남은 상황. 그런데 일본군을 패퇴시킨 간도 세력이 평양과 강원도 이남 및 이서 지역으로 더 이상 내려오지 않고 있었다.

"흠, 도저히 이해가 안 됩니다. 분명 저들은 피해도 거의 입지 않아 맘만 먹으면 이곳 한성도 노려볼 수 있을 텐데. 아니, 최소한 무주공산이 된 황해도 정도는 어렵지 않게 점령할 수 있는데, 이상하게 대동강을 경계로 더 이상 남하하고 있지 않고 있습니다."

오늘도 대관정에서 이토 히로부미와 하세가와 사령관, 6사단장 니시지마가 모여 시국에 대해 토론을 벌이고 있었다. 하세가와의 말에 6사단장이 먼저 반응을 보였다.

"삼남에서 올라온 우리 6사단 병력이 단단히 지키고 있으니 그런 거 아니겠습니까?"

일본군은 6사단 잔여 병력을 북상시키지 않았다. 한성을 사수하라는 본국의 명령에 따라 한성에서 잔뜩 웅크리고 있었다.

"후후! 니시지마 사단장, 아직도 정신을 차리지 못했소? 그래, 적 규모는 제대로 알고 있소?"

"그게……."

"적은 최소 세 개 사단 규모요. 아니, 네 개 사단이라 해도 틀린 말은 아닐 거요."

"허허, 더 될 겁니다. 이곳 반도에만 네 개 사단이지, 저 만주와 연해주에 몇 개 사단이 더 있을 겁니다. 관동주의 철도 수비대도 그들에게 패해 반 토막이 났다고 하지 않았소? 아니지. 반 토막도 안 된다고 했지. 연해주의

15사단은 완전히 전멸했고 말이오."

이제 이토 히로부미도 더 이상 적에 대해 과소평가하지 않았다. 전투가 잠시 멈춘 후 여기저기서 들어오는 보고를 종합적으로 검토한 결과, 그런 결론을 얻었다.

"으……."

"그리고 우리 일본군보다 더 강한 화력을 보유하고 있다 하지 않았소?"

"음……."

"그런데 얼마 남지 않은 우리 주차군 병력에다 많이 깎여 나간 6사단 병력이 무서워 저들이 남진을 하지 않고 있다? 그건 올바른 판단이 아닌 것 같소. 내 비록 군사 쪽 전문가는 아니오만."

"허허, 맞는 말씀입니다. 아마 다른 꿍꿍이가 있다고 판단해야 맞을 것 같습니다."

"다른 꿍꿍이? 그게 뭡니까?"

"모르겠소. 그걸 모르니 더 두렵소."

하세가와는 진짜 두려움을 느끼는 모양이었다. 표정에서 그 감정이 그대로 드러났다.

"6사단 병력이 빠진 후, 3남 지역의 동태는 어떻소?"

"그곳도 좀 이상합니다. 폭도들이 더 기승을 부려야

정상인데, 폭도 무리 중 큰 집단들은 모두 강원도 산간지대로 들어갔다 합니다. 지금은 그저 지역 유림들을 중심으로 뭉친 자들 정도가 설쳐 대고 있지만, 우리 주차군 병력과 헌병대가 능히 막아낼 수 있을 정도입니다. 아무래도 우릴 괴롭히던 큰 집단들과 저쪽 간도 놈들의 움직임과 같다고 할까…….”

“후, 도대체 저들의 꿍꿍이가 뭘까요?”

“자금 문제일까요?”

“그럴 수도 있겠소만, 한황이 간도로 들어갔으니 분명 한황의 내탕금이나 비자금의 도움을 받고 있을 거요. 그러니 갑자기 전투를 멈춘 이유라 설명하긴 어려울 것 같소.”

“일단 내실 다지기에 들어간 건 아닌지…….”

“허허, 그렇게밖에 설명할 수 없겠지요?”

“흠, 그래도 이해가 안 됩니다.”

“그러게 말이오. 마치 저들이 나름 선을 그어놓고 스스로 넘지 않고 있는 것처럼 보이지 않소?”

“당최! 이해가 안 됩니다.”

“그런데 앞으로 본국은 어떻게 움직일 것 같습니까?”

“험험! 병력이야 조만간 들어올 거고, 정치적인 문제

의 해결부터 서두르지 않겠소?"

정치 이야기가 나오자 다시 이토 특유의 거드름병이 도지는 듯했다. 그러자 하세가와는 본능적으로 얼굴을 찡그렸다. 이토의 이런 특성에 아직 적응을 못한 모양이었다.

"예를 들어 기존 한황을 폐하는 절차를 거친 후, 새로운 한황을 세운다든지."

"음, 충분히 가능한 해법입니다."

"그리고 그 한황을 통해 공식적으로 합병 절차를 밟게 되겠지요."

"결국 대외적으로 간도 세력이 불법 세력임을 선포하게 되는 거군요. 새로운 한황이 옹립되면 자연히 그렇게……."

"그렇소."

"그럼 누가 좋을지……."

"아무래도 완순군 이재완이 좋지 않겠소?"

"아, 그자라면……."

이재완(李載完)은 흥선대원군의 조카로서 고종 황제의 종제, 즉 사촌 동생이다. 1884년 개화파 정권에서 판서로 임명된 적이 있으니 현 친일파 매국노 집단과 가까운 관계를 유지했을 것이다. 궁내부 대신을 역임하다 을사늑약 감사 사절단을 이끌고 일본에 갔던 적도 있다.

물론 후일 일본으로부터 훈장도 받고 귀족으로 임명될 정도로 철저히 친일 앞잡이 노릇을 단단히 한 인물이다. 황실의 종친으로서 말이다.

"후후, 핏줄상으로 현 황제와 가까우니 명분도 세울 만하고, 우리 일본에 굽실거리니 이보다 좋은 인물이 있겠소? 하하하!"

"후후, 일본 같았으면 벌써 몇 번 처형당할 자인데… 하여간 그러고 보면 이 나라 지배계급들은 참 많이 썩었습니다그려."

"뭐, 덕분에 우리 일이 편해진 거고… 그간 어려운 일도 겪었지만, 우리가 그나마 이들 덕에 이만큼 온 거 아니겠소?"

"하하, 맞는 말씀입니다."

친일 매국노들 이야기가 나오자 오랜만에 하세가와의 입가에 미소가 감돌았다. 즐거워 웃는 게 아니었다. 명백히 비웃음에 가까웠다.

*　　　　*　　　　*

요즘 들어 친일 매국노들의 회합이 잦아졌다. 불안정한 시국인 만큼 서로 의지할 사람들끼리 모이는 모양이다. 그리고 이들이 가장 안전하게 모임을 가질 만한 곳으로 같은 매국노 송병준이 운영하는 청화정만큼 좋은 곳은 없었다.

이완용을 필두로 권중현, 박제순, 이지용, 이근택 등의 을사5적과 악질적인 정도 면에서 이들에 못지않는 일진회 쪽의 주구들, 이용구, 윤시병, 윤갑병에 이병무, 한진창과 같은 군부 인사들도 틈만 나면 자주 드나들었다. 회합이 끝나면 곧바로 기생들과 어울리는 질펀한 술판이 이어지니 이들은 이런 술자리를 매우 기꺼워했다.

하지만 이들에게 있어 지난달에 일어난 시위대의 봉기는 충격적인 사건이었다. 황제의 망명—이들에게 황제의 간도행은 망명으로 치부되었다—이나 시위대가 벌인 치열했던 전투 때문이 아니었다.

그 사건 속에서 죽어 나간 동료들 때문이었다. 일제의 두 고문을 비롯해 현영운, 이희두, 민중식 등의 인사들이 죽어 나갔다. 그간 민중들의 싸늘한 시선과 여러 의인들의 암살 시도가 두렵긴 해도 일제의 무력을 믿으며 근근이 살아왔다.

하지만 동류의 인간이 죽음이란 '응징'을 당한 사건은 분명 큰 정신적 충격을 불러일으켰다. 그 같은 일이 자신에게도 일어날 수 있는 일이기에 감정이입이 매우 잘될 수밖에 없었다.

"평안북도와 함경도의 군수들, 면장들이 줄줄이 오랏줄에 묶여 북쪽으로 끌려갔다고 합니다."

"우리 일반 일진회 회원들을 낱낱이 솎아내 모두 잡아갔다는 소문도 돌고 있어요."

이 자리에 같이 합석한 일진회 간부들이 북쪽에서 벌어지고 있는 일에 대해 줄줄이 풀어놓기 시작했다.

"세상에……."

"음, 저런……."

좌중들이 저마다 탄식을 토해냈다. 남의 일이 아니었다.

"흠, 그래요? 뭐, 예상했던 일이잖소? 그나저나 일본군 증원군은 언제 온다고 했소?"

얼마 전, 새로 출범한 비상 내각에서 총리대신으로 임명된 이완용이 이들의 좌장 역할을 하고 있었다.

"통감부 사람들 말을 들어보니, 한 달 넘게 걸릴 모양입니다."

새로 군부대신으로 임명된 이병무가 답했다. 이제 군부는 유명무실해졌다. 작년 진위대의 봉기 때 동조하지 않고 자리를 지킨 극소수 장교와 병사들, 또 시위대의 봉기 때에 가담하지 않고 잔류한 소수의 병력들만이 남아있는 상태였다.

이들을 모두 한성에 불러 모아 새로운 군 조직을 만들려 했으나 일제가 제지했다. 어차피 한국군은 해산될 예정이니 불필요한 일이라 했다. 그래도 관직은 아직 남아있어 이병무가 군부대신으로, 한진창이 군부 협판으로 자리를 잡았다.

"한 달이라……."

"괜찮겠소? 평안도와 강원도에 웅크리고 있는 역도들이 그때까지 참고 있겠소?"

"허허, 모르지요."

"아, 어쩌다 이렇게……."

여기 있는 이들 중 가장 심약한 인물을 꼽으라면 단연코 이지용이 꼽힐 것이었다. 그의 얼굴은 요즘 들어 많이 수척해졌다. 어떤 이는 심약함이 지나쳐 친일파가 되었을 거라고 숙덕이곤 했다. 그는 '폭도' 혹은 '역도' 이야기만 나오면 얼굴이 사색이 되었다.

"그보다 통감부에선 현 황제를 폐하고 새로 황제를 옹립하기로 방침을 정한 모양이던데……."

"오, 그렇소?"

"에잉, 일본 측은 왜 그리 미적거린단 말이오? 그냥 합병하면 될 것을."

이근택의 발언에 이완용이 피식, 하고 웃었다. 요즘 들어 이토와 자주 어울리다 보니 이완용은 어느새 이토의 거드름 피우는 모양새를 닮아가고 있었다.

"허허, 대외적인 절차 때문이지요. 새로 황제를 세운 다음, 정식으로 합병 조약을 맺어야 하지 않겠소?"

"음, 일이 그렇게 되나?"

"그런데 총리대신, 들리는 소문에 따르면 이번에 일본군이 들어올 때, 박영효 대감 일파가 함께 들어온다는 소문이……."

송병준이 조심스런 태도로 이완용의 기색을 살피며 말했다.

"그, 그래요?"

이완용은 순간 당황하긴 했으나 이내 아무렇지도 않은 척 태연히 답했다.

"왜 온다고 했소?"

"잘… 모르겠으나… 힘을 보태기 위해 오지 않겠습니까? 일본 입장에서 보면 박영효 대감은 인재 중의 인재 아니겠소?"

"인재?"

이완용의 눈초리가 살짝 치켜 올라갔다.

"아니, 뭐, 일본의 입장에서……."

"험! 험!"

다른 이들은 이들의 대화를 못 들은 척하며 연신 헛기침을 해 댔다. 이 자리에 있는 모두가 알고 있었다, 박영효가 오면 이완용의 입지가 약화될 것이란 사실을.

훗날 실제로 친일 내각 내에서 이완용과 박영효는 서로 경쟁적으로 친일 행각을 벌이게 된다. 일제에 대해 충성 경쟁을 벌인 것이다.

박영효를 그렇게 싫어했던 현 황제가 간도로 간 마당에 박영효 같은 인재—일본 입장에서—를 계속해서 일본에 머무르게 할 이유는 없었다.

이미 이름도 일본식으로 바꿨을 정도로 친일을 자처하는 송병준이었다. 그는 아예 그의 종족적 정체성 자체를 일본이라 생각하고 있는 이였다. 그래서 늘 일본의 입장에서 이완용을 대하고 있었다. 그의 태도는 '네 경쟁자가 왔으니 기분이 어때?' 라고 이완용에게 대놓고 묻고 있는 것과 마찬가지였다.

불편한 분위기가 이어지자 이근택이 얼른 화제를 돌린다.

"혹시… 다들 이런 소문 들어본 적 있소? 창덕궁 북쪽에 큰 소리를 내는 기물이 하늘에서 내려왔다는 얘기 말이오."

"듣긴 했소만, 워낙 믿기 어려운 얘기라 아예 관심도 갖지 않았소."

"그럼 이런 소문은 어떻소? 황제가 그 기물을 타고 간도로 간 것 같다는 이야기 말이오."

"허허, 그런 얘기도 있소?"

"통감부도 그런 얘길 듣고 일단 조사를 한 모양이오만……."

"결과는?"

"허황된 얘기라 했소. 하지만 이토 통감은 좀 숙고하는 모양이더이다. 아무래도 서양에서 하늘을 나는 기물이 나왔다는 얘길 들었다며……. 게다가 황제의 종적이 워낙 묘연해서……."

"말도 안 되오. 어떻게 그렇게 큰 기물이 하늘을 날겠
소?"

다들 혀를 끌끌, 차며 있을 수 없는 얘기라 치부했다.


정재관은 신경질적으로 귀에서 이어폰을 뺐다. 청화정
정도는 얼마든지 도청이 가능했다. 친일 부역자 관료들이
자주 회합을 갖자 얼마 전에 도청 장치를 설치해 놓은 상
태였다.

"젠장, 저 잡놈들 얘기를 언제까지 들어줘야 하는 건
지."

"허허, 속이 메슥거리시는 모양이오?"

이도표가 빙그레 웃으며 물어왔다. 제국익문사 요원인
그는 얼마 전부터 한성에서 정재관을 보필하고 있었다.

"말해 무엇하겠소. 챙겨 들을 만한 정보도 없고."

"그래도 건질 게 있지 않았소?"

"뭐, 다 짐작 가는 얘기요. 게다가 저들도 소문이나 듣
고 앉아 얘기하고 있으니. 일본군이 곧 들어올 거라는 소
문도 그렇고, 그 편에 박영효가 사람들을 이끌고 귀국한
다는 것도 그렇고."

"통감부 놈들이 이제 정보도 잘 주지 않는 모양이오?"

"후후, 실은 통감부도 잘 모를 거외다. 내가 판단하기로 일본 전체가 갈팡질팡하고 있는 것 같소."

"어쨌든 증원군이 오는 건 기정사실 아니겠소?"

"맞소. 정확히 언제냐가 문제지."

그때, 밖에서 잠시 소란스런 소리가 나더니, 이내 덜컹! 하고 방문이 열렸다.

"여어, 잘 있었나?"

"어라? 의형, 의형이 어쩐 일로……."

민우였다. 민우는 예의 장난기 가득한 얼굴로 방 안에 성큼 들어섰다. 우경명도 그를 따라 들어왔다.

"아니? 우 형! 우형도 오셨소?"

"허허, 반갑소이다."

"상해 일은 어쩌고……."

"제 직분이 바뀌는 바람에 그리되었소."

"그래요?"

"그래, 아우. 그간 어떻게 지냈어?"

"휴, 말도 마시오. 정보 모은답시고 저 버러지 같은 매국노들 따라 다니다 보니 내 속이 성할 날이 없소. 그나마 일 끝나고 농주로 속을 달래주지 않으면 견디기 힘들 정도라오."

"하하, 오죽하겠나, 아우 성격에. 그냥 달려들어 주먹 몇 방 날린 다음, 이마에 총알을 박아 넣고 싶겠지."

"내 말이 그 말이오!"

"이제 그런 일 안 해도 될 것 같은데?"

"엥? 그게 무슨 말이오?"

"응. 이번에 완전히 조직을 개편하게 되었지."

민우는 조직이 대대적으로 개편된 사실을 설명해 주었다.

이번에 조직을 개편하면서 정부는 내부 소속의 외청 형태로 중앙 경무청을 신설하고 청장에 이시영을 임명했다. 기존 경무국을 한 단계 끌어올린 것이다. 그리고 민우가 이끌던 간도 주정부의 정보국을 경무청 산하에 두었다.

경무청 산하기관이라 하지만, 사실상 독립적인 정보 조직 형태로 운영하기로 했다. 그리고 기존에 경무국장을 맡았던 차도선은 중앙정부가 아닌 간도주 정부의 경무청장으로 임명됐다. 또한 황제의 직속기관이던 제국익문사를 존치시키기로 하되, 참정부, 즉 총리실 산하기관으로 소속을 바꾸었다.

"그래서 제국익문사는 대외 정보를, 정보국은 국내 정

보를 다루기로 한 거지."

"흠, 두 기관을 굳이 나눌 필요가 있소?"

"반드시 나눠야지. 정보기관은 큰 권력을 가진 집단이
지. 그래서 권한을 나눠야 하는 거야."

"흠……."

"때론 서로 견제도 해야 하고."

"왜 그렇소?"

"독주를 방지하기 위함이지."

민우는 그 이유에 대해 한참 동안 설명했다.

"그리고 이회영 선생이 감사원장을 맡기로 했지. 그리
고 감사원 산하에 감찰국을 또 만들기로 했어."

"아, 그럼 사헌부와 같은 역할을?"

"그렇지. 이렇게 이중 삼중으로 서로 감찰을 해야 제
맘대로 권력을 휘두르지 못하는 법이거든."

감사원은 모든 권부에서 독립된 기관이었다. 민우 말
대로 감사원은 공직자의 비리를 수사하는 권한도 갖게 되
었다. 감사원의 감찰국은 공직자 비리 감시, 경무청의 정
보국은 방첩 및 매국 행위 감시를 맡게 된 것이다.

"그리고 말이야, 이번에 제국익문사의 새로운 독리로
자네가 임명되었어."

"네? 그게 무슨?"

"크크, 승진한 거지."

"아······."

"그래서 자네를 데리러 내가 온 거야. 같이 간도로 올라가자고!"

"그럼 한성은······."

"제가 맡게 되었소."

가만히 앉아 두 사람을 얘기를 듣고 있던 우경명이 끼어들었다.

"한성도 분명 국내라 정보국이 담당해야 하지만, 이미 왜놈들 손아귀에 들어간 형국이라 제국익문사가 담당하기로 했지. 그래서 이분이 한성 지부장으로 발령 받은 거야."

"어찌 제게 이런 분에 넘치는 직위를······."

"그러게 말이야. 자네, 아직 서른도 넘지 않았지? 폐하도 그렇고, 우리 정부 요인들도 그만큼 자네 능력을 높게 평가한 모양이야."

"고마울 따름이오, 그저."

"자, 그럼 우경명 지부장과 이도표 요원에게 이곳 업무를 빨리 넘기게. 다들 간도에서 자넬 기다리고 있으니."

"허허, 알았소."

정재관의 얼굴이 어느새 붉게 상기되어 있었다.

제5장

휴지기

성대한 열병식과 더불어 수많은 군인들이 전장으로 향한 후, 간도 주민들은 노심초사 하루하루를 보내왔다. 얼마나 전장의 소식이 궁금했는지 매일 아침, 또 시간 날 때마다 마을 공터에 설치된 알림판을 찾았다.

새로운 소식에 대한 주민들의 목마름은 결국 띄엄띄엄 발행되는 간도주보에 대한 불만으로 터져 나왔다. 결국 그 때문에 간도주보는 '주보'란 제호를 단 채 일간지로 발행되는 촌극도 빚어졌다.

하지만 모든 전장에서 압도적인 승리를 거두고 황제까지 간도에 입성했다는 소식이 전해지자 간도 주민들은 동네마다 잔치를 벌였다. 그만큼 기쁨도 컸던 모양이다.

이들의 궁금증은 곧 내적인 불안 심리가 밖으로 표출된 것이다. 전쟁에서 지면 간도도 끝장나고 이 좋은 삶의 보금자리도 침탈당한다는, 그런 심리.

어쨌든 세상 돌아가는 이치를 조금이나마 알게 된 후 생긴 주민들의 집단 심리, 그 심연에 웅크리고 있는 불안감은 종종 좋은 쪽으로 작용하고 있었다.

내 터전을 내가 지켜야 한다는 것, 그것에 애국심이란 명분까지 보태져 주민들은 정부가 추진하는 모든 일에 관심을 보이고 열정적으로 참여했다.

주정부가 그렇게 고민했던 교육 문제도 이런 주민들의 성향으로 인해 덕을 보고 있었다. 갓 간도로 들어온 이주민을 제외하고 간도에서 제법 오래 거주한 주민들은 이제 더 이상 직업에 차별을 두지 않게 되었다.

지금 간도에서 촉급하게 육성하고 있는 모든 산업이 군수산업으로 귀결되고 있었고, 주민들은 이 부분을 확실히 인지하고 있었다. 기술을 배우고, 기술자가 되어 물자를 만들어내야 한다. 아니면 수레라도 끌어 그 물자를 운반해야 한다. 그런 일을 하는 모든 이에게 고마움을 느껴야 한다.

그와 같은 공감대가 광범위하게 형성되어 가고 있었다. 그래서 간도 주정부가 세운 기술학교는 자리가 없어서 못 들어가는 상황이 빚어졌다.

물론 이는 간도 주민들이 기술직에 대해 차별 의식을 갖고 있지 않다는 것을 증명해 주는 현상이었다. 하지만 항간에서 학교가 부족해 갈 데가 없으니 거기라도 들어가는 거 아니냐며 말하는 이들도 있었다.

전통적으로 교육이 곧 출세라는 사고방식을 갖고 있는 백성들이라 교육기관의 태부족 현상은 이내 큰 사회문제로 대두하게 될 터였다.

이 때문에 초등교육에서 중등교육, 그리고 고등교육에 이르기까지 어느 하나 제대로 되지 않고 있다는 점은 늘 간도의 관료들을 초조하게 만들었다.

하지만 황제를 비롯해 수많은 인사들이 대거 간도로 들어오면서 서광이 비치기 시작했다.

"흠, 그럼 현재 대학교 기능을 하고 있는 곳이 사범학교밖에 없단 말인가?"

"그렇습니다, 아바마마."

황제는 의친왕과 황태자를 불러 부자간에 담소를 나눴다.

"허허, 한성이나 여기나 똑같구먼. 아니, 한성보다 못한 형편이군. 그래도 한성에 여러 전문학교가 꽤 오래전에 설립되었으니."

물론 그런 업적을 일군 이는 황제였다.

"간도인들도 어쩔 수 없었을 겁니다. 이들이 여기에 터 잡은 지 2년도 안 됐으니."

언젠가부터 황실은 도래인을 '간도인'이라 호칭하고 있었다. 확연히 구별되는 사람들이라 자연히 이런 단어가 생겨났으리라.

"간도인들이 분명 계획을 세워놓았을 터."

"그러하옵니다. 먼저 국립대학교를 세울 생각을 하고 있는 것 같은데, 워낙 급한 사안이 많다 보니 추진할 엄두를 내지 못하고 있는 모양입니다. 앞으로 곳곳에서 계속 전쟁도 수행해야 하고……."

"그렇지."

황제를 고개를 끄덕이더니 입가에 미소를 머금었다.

"차라리 잘된 일이로다. 우리 황실이 그래도 도움이 될 수 있는 일이 있으니. 또 이 일은 길이 청사에 남을 터. 석현에게 조만간 간도의 무관들을 대거 보내줄 테니, 상해의 비밀 가옥에 보관하고 있는 모든 황실 자금을 이리로 보내라 명했지."

황제는 상해로 돌아가는 이용익을 따로 불러 그 이야기를 한 모양이었다. 물론 자금은 세창양행의 배편으로 보낼 터였다. 그렇게 되면 어마어마한 금액이 또다시 간도로 들어오게 될 것이다.

"그럼 아바마마, 그 자금으로……."

"음, 황립대학교를 하나 만들자는 게지. 물론 그거 만들고도 많은 자금이 남으니 그 돈의 쓰임새는 다음에 결정하기로 하고. 그래, 황태자 생각은 어떤가?"

"지당하신 조치입니다."

"의친왕은?"

"네, 폐하. 이곳 화룡에 기술관을 양성할 수 있는 학교를 먼저 만들고, 훗날 화전으로 천도하게 되면 문관 학교를 하나 더 만들면 좋겠다 생각했습니다."

"오호, 좋은 생각이로다."

"화룡은 황립 화룡공과대학교로, 화전은 세종시로 이름을 바꾼다 했으니 황립 세종대학교로 명명하면 어떻겠습니까?"

"허허, 의친왕은 벌써 이름까지 정해두었구나."

"그렇사옵니다. 늘 고심하던 문제였나이다."

황제는 활짝 웃으며 긍정의 의미로 고개를 끄덕였다. 비록 황태자의 인품이 온화하다 하나 능력 면에서 의친왕이 훨씬 뛰어나다는 사실을 황제도 알고 있었다. 또 의친왕은 미국 유학까지 다녀온 덕분에 서양 문물에 정통해 간도인들과 잘 소통하며 지내고 있었다.

"게다가 훌륭한 교관도 이미 간도에 잔뜩 모여 있으니, 대학교를 설립하는 건 빠르면 빠를수록 좋다고 생각합니다."

"알겠네. 당장 황실 자금을 들여 대학교를 설립하세. 단, 아예 문관 학교도 훗날 설립할 게 아니라 여기에 같이 만들면 좋지 않을까?"

"그럼 종합대학으로……."

"그렇지."

대화를 마친 황제의 표정이 무척 흡족해 보였다. 어쨌든 의친왕을 중심으로 사법 체계에 대한 연구를 해 나가고 있는 상황이었다. 그걸 보면 간도인들이 나름 황실을 배려하고 있다는 생각이 들었다.

간도인들이 황실에 어느 정도 역할을 줄 생각을 하고 있으니, 이제 자신이 보답해야 할 때라 판단한 모양이다. 그런데 마침 이 자리에서 나온 대학교 설립 건은 황실의 위신도 세울 수 있는, 일석이조의 효과가 있는 건이라 할 수 있었다.

황제의 황립대학교 설립 건이 발표되자 교육과 관련된 담론이 들불처럼 일어나 번져 나가기 시작했다. 그것이 '담론'화 된 이유는 결국 사회문제이고, 비상한 시국에 이념적 색채까지 더해졌기 때문이다.

가장 지배적인 담론은 역시 애국심과 결합되어 나타났다. 가장 무난하고 상식적인 논리였다. '교육입국'이라는 취지로, 나라의 독립과 대계를 위해 교육에 힘써야 한다는 것.

자연히 이 담론에 부차적인 색깔이 덧입혀졌다. 바로 기술입국이었다.

— 나라가 풍전등화의 위기에 빠졌던 것은 교육에서 실리를 등한시하고, 명분에만 집착했기 때문이외다. 그러니 힘써 기술을 익히고 과학을 발전시켜 서양의 문물을 서둘러 따라잡아야 하오. 그래야 아국은 확실한 독립의 토대를 세울 수 있을 것이고, 나아가 강국으로 도약하게 될 것이오.

신진 지식인들이 이런 논리를 연일 쏟아냈다. 신문에 기고하거나 가끔 화룡의 광장에서 즉석 연설 형태로 이런 류의 논지를 펴기 시작했다. 물론 모두가 그 논리에 동조하는 건 아니었다.

유림들을 중심으로 정신이 올곧아야 나라를 바로 세울 수 있다는 취지의 주장도 반대쪽 논리로 스멀스멀 피어오르기 시작했다.

정부에서 황립대학교 설립을 위해 기본 계획을 발표하고 여론을 모으기 위해 공청회 비슷한 행사를 개최하자 여러 요구들이 빗발치기 시작했다. 입학 자격에 대한 문제부터 교육과정에 대한 것, 학과 설립에 대한 요구까지 매우 다양했는데, 그중에 유림들의 요구가 무척 거셌다.

대학에 유학을 반드시 넣어야 한다는 것. 모름지기 대학이 바로 유학이거늘, 유학이 빠진 대학은 있을 수 없다는 논리를 내세웠다. 더 나아가 비천한 학문을 배우는 대학교와 분리해야 하고, 먼저 황립 유학대학을 신설한 후, 다른 대학을 설립해야 한다고 주장하는 이도 있었다. 물론 신진 지식인들은 이 논리에 거세게 반발했다.

그렇다고 유림 사회의 의견이 모두 같은 것은 아니었

다. 특히 박은식(朴殷植) 같은 인물은 오히려 유림 사회를 질타하고 나섰다. 얼마 전에야 간도에 들어온 그였다. 그는 유학의 보수성을 맹렬하게 비판하며 개혁을 부르짖었다. 그는 양명학 등을 대안으로 거론하며 후기 성리학 계통의 학파들과 대립각을 세웠다.

황립대학교 설립 건으로 촉발된 사회적 논쟁은 간도의 지식인 사회를 서서히 계파 혹은 당파별로 헤쳐 모이게 하는 효과를 가져왔다. 복식 문제 같은 작은 사안 하나가 불씨가 되어 거대한 사회적 논쟁으로 번져 가는 일이 또다시 일어난 것이다.

하지만 논쟁거리가 무엇이든 좋았다. 이로 인해 이슈가 생겨나고 토론이 벌어진다는 게 더 중요했다. 어쩌면 간도에서도 반드시 거쳐야 할 통과의례와 같은 절차라 볼 수 있었다.

"흠, 이거… 이러다 또다시 개화니 위정척사니 하는 해묵은 논쟁이 다시 불붙는 거 아닙니까?"

"하하, 걱정되십니까?"

과학기술부대신 변창섭이 조금 꺼림칙한 투로 얘기를 꺼내자 학부대신 전소연이 웃으며 물어왔다. 두 사람이 대화를 시작하자 모든 이들이 귀를 쫑긋 세웠다. 학부에서 일하고 있는 신채호와 주시경도 마찬가지였다.

간도의 관료들은 늘 이랬다. 점심 식사를 하다 말고 또 다시 일 이야기가 시작된다.

"조금 걱정됩니다. 이러다 국론이 또 분열될지도 모르는 일이니."

"글쎄요. 전 그렇게 생각하지 않습니다."

"그래요? 무슨 복안이 있으신지……."

"시대의 흐름은 아무도 거스를 수 없습니다. 전 지금 공론화된 게 오히려 좋은 일이라 생각합니다."

"흠, 공론화라……."

신채호는 얼굴을 잔뜩 찌푸리며 전소연의 의도를 짚어 보았다.

"그냥 내버려 두자?"

"그렇습니다. 우리는 그저 공정한 심판 역할만 하면 됩니다. 우리가 지향하는 나라가 전체주의 국가가 아닌 이상 당연히 그래야 하지요."

"문제가 없을까요? 너무 뜨겁게 달아오르다 보면 물리적 충돌이 일어날 수도 있고……."

"물리적 충돌을 일으키면 잡아넣으면 되죠."

"반칙은 용납 안 된다?"

"그렇습니다. 법이 시퍼렇게 살아 있음을 보여주는 기회이기도 하니, 일거양득이죠."

"하하, 간단하네요."

"입을 막으면 안 되죠. 억지를 부리든 화를 내든 그건 그들의 권리니까요."

"권리? 허허."

신채호의 입에서 낮은 탄성이 흘러나왔다.

"하지만 지금 간도에서 그나마 배웠다는 이들의 상당수가 유림 출신들 아닙니까? 그들이 파당을 짓고 큰소리를 내기 시작하면 그걸 과연 감당할 수 있겠습니까? 이러다 시계를 거꾸로 돌릴 수도 있는 일 아닙니까?"

주시경도 결국 이 대화에 끼어들었다.

"그러게 말이오. 이번에 유림들이 대거 간도로 들어온 후 조금씩 뭉치기 시작했습니다. 가장 강경한 화서학파는 물론이요, 사승 관계에 따라 여러 학파별로 뭉치는 모양입니다."

현상건도 한마디 덧붙였다. 그는 예전부터 이들을 못마땅해했다.

전소연은 빙긋이 웃으며 답변했다.

"전 그래도 괜찮다고 생각합니다. 논쟁을 하다 보면

그분들도 뭔가 변화하기 시작하지 않겠습니까? 솔직히 여기 계신 분들도 처음엔 유림에 속하지 않았나요?"

"허허, 그렇긴 하오만……."

"공론은 어떤 경우에도 막지 말아야 합니다. 단, 모두가 앞으로 반포될 국법 안에서 움직여야 한다는 원칙은 반드시 관철해야 합니다."

대체적으로 간도인들은 크게 걱정하지 않는다는 태도를 보였다. 탁지부대신 성영길은 오히려 한발 더 나아갔다.

"실컷 경쟁하라 하세요. 경쟁에서 이기려고 돈을 모아 사립학교라도 몇 개씩 세워준다면야 우린 대환영이죠. 안 그렇습니까?"

"하하하! 물론입니다."

간도인들의 자신감은 시대의 흐름을 미리 알고 있는 데서 나오는 것일지도 몰랐다. 게다가 모든 정책과 권력의 중심은 이미 간도로 이동한 상황이었다.

역대 왕조들이 엄청난 반발을 무릅쓰고 굳이 천도를 추진한 이유도 지배계급의 교체를 노린 행동이었다. 하지만 자연스레 그게 이뤄졌으니 이것도 행운일 수 있었다. 간도인들은 이를 잘 알고 있었기 때문에 처음부터 한반도

내에 수도를 건설할 계획이 없었다. 구시대의 지배 질서와 관념이 지배하는 공간에 새로운 중심지를 꾸릴 이유가 없었다.

"어쨌든 중요한 건 앞으로 교육기관 설립이 활성화될 조짐이 있다는 겁니다. 수요가 많고 열망이 큰 만큼 교육 문제는 빠르게 해결될 겁니다. 고등교육기관은 이번에 설립될 황립대학교와 뒤이어 개교할 국립대학교 정도로도 한숨을 돌릴 수 있을 겁니다. 아울러 전문학교도 다양하게 우후죽순 격으로 생겨날 거고요. 다만, 앞으로 수많이 세워질 초중등 교육기관을 위해 사범학교를 빠르게 늘려야 합니다."

"물론입니다. 그게 제일 급한 일이죠."

결국 이날 느닷없이 벌어진 토론의 안건도 사범학교 증설 건으로 귀결되었다.


＊          ＊          ＊


"아, 회장님!"

"하하, 또 회장인가? 형이라 부르라니까! 그래, 잘 지냈나?"

두 사람은 화룡의 어느 술집에서 반갑게 해후했다. 정재관과 안창호였다.

"언제 오셨습니까?"

"얼마 되지 않았다네. 열흘 정도 되었나?"

안창호는 간도에 도착하자 제일 먼저 주정부를 찾았다. 자신을 미주의 공립 협회장이라 밝히고 함께 태평양을 건너온 문양목(文讓穆)과 전명운(田明雲) 등도 소개시켰다.

주정부 인사들은 이들을 반가이 맞이했을 뿐 아니라 거처도 제공해 주었다. 또한 이들을 간도의 지식인 사회에 편입시켜 주었다. 그 방식은 매우 간단했다. 도서관에서 죽치고 있는 인사들에게 이들을 인사시킨 후, 이들을 중앙정부 혹은 주정부의 말단 직원으로 임명했다.

그래서 자연스레 같은 처지의 지식인들끼리 어울리게 하는 것이었다. 물론 모두가 그런 대우를 받는 것은 아니었다. 요 근래 들어온 수많은 지식인들 중에 크게 쓸 만한 이도 많지만, 간도인들은 이들을 쉽게 등용하지 않았다.

간도 사회의 새로운 패러다임이나 정부 정책의 지향점을 공유할 때까지 기다리기로 한 것이다. 그리고 이들 또한 일정 시간 재교육이 필요했다. 그래서 사흘에 걸쳐 간단한 오리엔테이션 교육도 받고, 같은 처지의 인사들끼리 함께 독서하고 토론하며 간도의 문화와 정책을 익히게 했다.

물론 이들은 다양한 사상적 스펙트럼을 보이고 있었다.

"샌프란시스코에 큰 지진이 있었다 들었소."

"허허, 그랬지. 덕분에 우리 사무실도 무너졌다네."

"그럼 아주 오신 겁니까?"

안창호는 대답 대신 고개를 끄덕거렸다.

"그럼 공립 협회는……."

"다른 이가 맡아서 운영하고 있지. 미안한 일이지만, 중차대한 시기 아닌가. 그러니 나라에 조금이라도 힘을 보태는 게 맞다 판단했다네."

안창호는 상당히 겸연쩍어 했다. 작년까지만 해도 미주 교포도 소중한 백성이라며 공립 협회를 지켜야 한다고 역설하던 그였다.

"잘 결정하셨소."

"그런데 동행이……."

"아, 깜박했습니다. 이쪽은 내부에서 국장으로 일하고 있는 의형이오. 이쪽은……."

정재관은 고민우를 비롯해 한윤희, 최란, 박준태, 신채호, 김구 등을 차례로 소개했다.

"허허, 모두가 정부에서 큰일을 하시는 분들이구려. 반갑소이다. 안창호요."

"반갑습니다, 도산 선생. 고민우라 합니다."

안창호는 짙은 눈썹에 눈빛이 날카롭고 키가 훤칠한 인물이 불쑥 손을 내밀자 얼떨결에 마주 잡았다.

"아, 예, 고민우 국장님."

그와 인사를 마치자마자 그 장한의 시선이 다시 전명운에게 향했다. 그를 바라보는 민우의 시선이 조금 뜨거워졌다. 역시 민우는 정치가 출신의 운동가들보다 현장에서 활약한 이에게 더 큰 관심을 쏟았다. 그다운 태도였다.

1907년 스티븐스 처단 사건의 영웅, 전명운이었다. 물론 지금 세상에서는 일어나지 않을 일이었다.

*      *      *

13도 의군이 대한국군 육군 제8사단으로 재편되면서 기존 5개 연대는 정식으로 제29, 30, 31, 32, 33연대로 이름이 바뀌었다. 29연대는 8사단 사령부와 더불어 원주에 주둔했고, 30연대는 춘천에, 31연대는 제천에, 32연대는 소백산에, 33연대는 삼척에 연대 본부를 두었다.

그간 안중근 부위는 자신의 중대를 이끌고 평안북도 지역을 돌며 일본군 잔당을 토벌하거나 친일파 군수와 면장, 일진회원들을 잡아 간도로 보내는 일을 해왔다. 그 일이 마무리되자 그와 그의 연대는 춘천에 내려와 방어 진지를 구축하는 일을 하고 있었다.

그러던 어느 날, 간도에서 박명환 정령이 그를 찾아왔다. 특전대 소속의 박명환 정령은 그간 잠시 간도에 들어가 있었다. 특전대 개편 건 때문에 호출된 것이다.

특전대는 이제 '특수전사령부' 즉 '특전사'로 정식 출범하게 되었다. 물론 기존 조직의 수장인 민정기가 중장으로 진급해 초대 사령관으로 취임했다.

그리고 고위 장교들이 상당수 전역하게 되었는데, 그들 대다수가 제국익문사와 정보국으로 들어가게 되었다. 박명환 정령은 이곳 춘천 지대장으로 새로 부임하게 되었다.

"충성!"

"하하! 오랜만이네, 안 부위."

박명환은 이제 안중근을 편하게 대하고 있었다. 사실 그간 안중근에게 하대를 하지 못했다. 그만이 아니라 모든 간도인들이 그랬다. 하지만 이제 군의 기강을 위해서 그렇게 행동해야 했다.

"어쩐 일이십니까?"

"이번에 춘천 지대를 맡게 되었네. 몇 명의 대원들과 더불어 이 지대를 키우려고."

"그럼 새로 대원을 받을 생각이십니까?"

"그렇다네. 여기 30연대 병사들 중에서 차출할 생각 이지."

"박 정령님, 그럼 저도 뽑아주십시오. 반드시 지원하 겠습니다."

안중근의 요청을 듣자 박명환의 입가에 미소가 절로 맺혔다.

"하하! 나도 그러고 싶네만, 총사령부에서 안 부위에 게 특별히 부탁을 했어. 아니지, 정중한 명령이라고 해야 하나?"

"네? 명령입니까?"

"아니, 명령이라기보다… 자네의 선택을 존중한다고

했네만, 가급적 들어주었으면 좋겠다는……."

"네?"

안중근은 고개를 갸우뚱거렸다. 총사령부가 수많은 장교 중에 자신을 콕 집어 명령한다는 것 자체가 이례적인데다 명령 형식도 아닌 의사 타진이라니…….

"음, 뭐랄까… 자네, 하늘을 나는 군인이 되고 싶지 않나?"

"하…늘?"

"큭, 내 이런 반응이 나올 줄 알았지."

"아니, 그게 무슨 말입니까? 하늘을 난다니……."

"지금 서양에서 비행기 개발에 성공했다는 사실을 아는가?"

"네?"

"뭐, 원시적인… 아니, 조악한 수준의 비행기인데, 간도에선 그보다 훨~씬 뛰어난 비행기를 개발하고 있지."

"그럼 진짜 사람이 그걸 타고 하늘을 날 수 있다는 말입니까?"

"하하, 물론이네."

"세상에."

"생각해 보게. 그 비행기를 타고 하늘에서 총을 쏘거

나 폭탄을 떨어뜨리면 어떻게 되겠나?"

"그럼 도저히 피할 방법이……."

"그렇지! 무적의 군대가 탄생하는 거지."

"아, 생각만 해도 두렵습니다."

"그 비행기를 전투기라 이름했네. 앞으로 몇 해 지나면 본격적으로 전투기를 생산하게 될 거네."

"와! 그럼 우리 군은 진정 무적의 군이 될 겁니다."

안중근의 얼굴이 환하게 피어났다.

"허허! 물론이지. 그래서 말인데, 이번에 미리 공군 무관학교를 개교하기로 했네. 그 전투기를 몰 전투 비행사를 양성하는 거지."

"아, 그럼… 그 명령이란 게……."

"맞네. 어떤가? 공군 무관학교에 들어갈 용의는 있는가?"

"하하하! 물론입니다. 당장 들어가겠습니다. 생각만 해도 가슴이 벅차오릅니다. 하늘을 날며 싸울 수 있다니. 정말 그렇게 될 수 있다면 좋겠습니다."

"하하! 생각할 필요도 없단 말이군."

"그렇습니다."

"알겠네. 지금 당장 탈 전투기는 없으니 당분간 무관

학교에서 전투기가 생산될 때까지 이론과 교양 교육을 받게 될 걸세."

박명환의 말대로 공군 무관학교가 곧 개교하게 될 예정이었다. 4년 교육과정에 매년 200명씩 뽑기로 했다. 국방 과학 연구소의 예상대로라면 2, 3년 정도가 지나야 비행기 생산이 시작될 것이었다.

물론 양산 체제를 갖추려면 한참 더 기다려야 했다. 하지만 비행사는 미리 양성할 필요가 있었다. 아울러 대학 교육에 준해 교양 교육도 실시해 지적으로도 성숙한 장교를 양성하기로 했다.

물론 그전에 훈련기 한두 대라도 제작이 가능하게 되면 조금씩 비행 훈련도 할 수 있으리라.

"그러면 당장 화룡으로 가게."

"알겠습니다. 감사합니다, 박 정령님."

안중근의 얼굴은 어느새 벌게져 있었다. 기대감과 흥분이 그렇게 만든 것이다.

간도인들이 안중근을 공군으로 전향시키기로 한 것은 그의 자질도 염두에 둔 것이지만, 장차 공군의 최고위급 인사로 키우기 위함이었다. 육군은 이미 수많은 인사들이 자리를 차지해 안중근을 위한 자리가 없었다. 하지만 공군은 이제 시작되는 셈이니 안중근은 고속 승진 과정을 거쳐 공군의 중추적 인물로 성장하게 될 것이다.

*        *        *

전장에서 포화가 멎은 지 벌써 두 달.

간도의 적, 즉 청과 일본은 갑자기 기습을 당하고 순식간에 전선에서 밀린 상황이라 이 기간 동안 대응책을 마련하고 전선으로 보낼 병력을 꾸리는 데 집중하며 보내고 있었다.

서부 전선에선 청나라의 대응이 초미의 관심사였다. 위세를 떨치던 장작림 세력이 그나마 이 지역에 조금 남아 있던 관병 병력과 더불어 하루아침에 몰락했다. 덕분에 만주 지역의 청 세력은 거의 없는 것과 다를 바 없었다.

처음 청 정부는 봉천이 공격당할 것이라는 소식을 듣자 원세개에게 구원병을 보낼 것을 지시했다. 이에 원세개는 육군 제4진에게 출진하라고 명령을 내렸다.

하지만 청과 일의 연합군이 하루아침에 패퇴한 걸로 전투가 귀결되자 곧바로 진군을 멈추고 금주(錦州) 지역에서 대기하라고 명령했다.

그 일로 인해 청 정부는 연일 회의를 열었다. 간도에서 넘어온 한국군의 정체를 파악하기 위함이었다. 그들은 어느새 청의 입장에서 궁극적인 적이라 할 수 있는 일본과 한국군을 저울대에 올려놓고 눈금을 살피고 있었다.

자신들이 도저히 당해낼 수 없을 것 같은 일본군을 대파한 한국군이었다. 때문에 이미 뺏긴 땅을 찾는 것보다 장기적인 전략을 세우는 게 더 급했다. 결국 온갖 논란이 오가다 보니 제4진은 금주에서 하릴없이 시간을 보내게 되었다.

그사이, 원세개는 군기대신으로 임명되었다. 청의 입장에서 이 비상시국에 북양군을 수족처럼 부릴 수 있는 그가 필요했던 것이다. 물론 지금은 북양군이란 이름 대신 육군부 소속의 신군 육군이라 불리고 있었다.

황실 내 유력한 종친들의 압력으로 정치적 입지가 흔들리던 시기, 원세개가 북양군 1, 3, 5, 6진을 청의 육군부로 돌리고, 2, 4진을 직예 총독의 직할 부대로 소속을 바꾼 것이다. 물론 그렇다고 이들 군에 원세개의 입김이 약해진 건 아니었다. 여섯 개 군의 지휘자 모두가 북양군 출신이자 그의 수하였기 때문이다.

간도의 총사령부는 금주에 주둔하고 있는 제4진의 움직임을 낱낱이 파악하고 있었다.

"금주에 와 있는 제4진의 통제는 단기서입니다. 그리고 이번에 동삼성의 총독으로 서세창(徐世昌)이 정식으로 임명되어 동행해 왔답니다."

"흠, 단기서라면… 원세개가 심복을 보냈군."

단기서(段祺瑞)는 풍국장(馮國璋), 왕사진(王士珍)과 더불어 북양삼걸이라 불릴 정도로 원세개의 오른팔 역할을 하는 자였다.

장순택은 이미 단기서에 대해 알고 있다는 듯이 고개를 끄덕거렸다.

"뭐, 걱정할 필요 없겠지? 문제는 관동주에 증원될 일본군인데……."

"그래도 청의 최정예라는 북양군이고 원세개의 오른팔인 단기서가 통제로 왔는데, 그쪽에도 신경 써야 하는 거아니오?"

간도인 군 간부들이 청의 병력에 대해 너무 무신경하다 생각한 듯 근위대장 박승환이 말을 꺼냈다. 그로서는 그 부분이 몹시 신경 쓰이는 모양이었다.

"허허, 글쎄요? 현재 우리가 분석한 자료를 보면, 저

들이 일본군과 싸운다 가정할 때, 일본군 한 명을 죽이는
데 청국군은 거의 100명은 죽어야 할 겁니다. 못 잡아도
50명?"

"허, 그렇습니까?"

박승환은 조금 놀란 표정이었다. 북양군에 대한 소문
만 들었을 뿐, 실제 전력은 잘 몰랐기 때문이다. 기실 북
양군은 지금까지 소문만 무성했지, 의화단 사건 이후 실
전이 없었다. 또 나름 신식 군복을 차려 입어 겉모습은
그럴듯해 보이지만, 실속은 잘 알려지지 않은 상태였다.

하지만 간도인들은 이들의 전력을 냉철하게 파악하고
있었다. 무장도 그렇지만, 군기나 군 전술, 장교의 역량
까지…….

"그래도 북양군 아니오? 청국에서 가장 최정예라
는……."

육군 무관학교장 이학균도 박승환을 거들고 나섰다.

"하하, 하여간 나중에 한 번 확인해 보십시오. 저들이
어떤 군대인지."

장순택은 씨익 미소를 짓고는 부관에게 시선을 돌렸다.
빨리 다음 얘기를 진행하자는 뜻이었다.

"금주의 4진 병력이 움직일 모양입니다. 요 근래 들어

온 첩보들을 종합해 보고 그런 결론을 내렸습니다."

"그래? 그렇다면 일본군도 곧 들어오겠네?"

"솔직히 본토의 일본군 움직임은 아직 알 길이 없습니다. 하지만 청군과 일본군의 연합이 명약관화하게 예상되는 바, 일본군도 본토에서 곧 출진할 것이라 예상하고 있습니다."

"흠, 일본군은 이번에 몇 개 사단이나 보낼까?"

"겉으로 드러난 우리 병력 규모에 겨우 대응할 수 있는 정도라 추정됩니다만, 이번 기회에 무리할 수도 있기 때문에 잘 준비하는 수밖에 없습니다."

"그렇지. 적정을 모르니 조금 답답하긴 하군."

장순택의 눈가에 살짝 주름이 맺혔다. 아직 일본까지 첩보원을 침투시킬 수도 없고, 연락할 방법도 없었다. 이 또한 시간이 필요한 일이었다.

*　　　*　　　*

생각보다 휴전이 길어져 대한제국군은 꿀맛 같은 휴식을 취함과 아울러 병력을 재정비할 기회도 얻었다. 군 지휘부의 예상은 한 달이었다. 청과 일본이 다시 증원군을 보내 전투가 재점화되는 시기를 그렇게 예측했다. 하지만 청이나 일이나 녹록하지 못한 국내 형편 때문에 이렇게 늦어진 것이다.

덕분에 일선 부대들은 차고 넘치도록 보급품을 받았다. 또한 황제가 자금을 보탠 덕에 또 하나의 사단을 창설할 계획도 세웠다. 제9사단의 출범이 눈앞으로 다가온 것이다.

9사단은 기존 8사단—13도 의군 출신 부대—병력과 신병을 섞어 만들 예정이었고, 간도인 출신 장교들 또한 다수 차출해 8사단과 9사단에 골고루 배치하기로 했다. 이번에 신병들은 주로 평안도 지역에서 뽑기로 했다.

9사단장은 의외의 인물이 낙점되었다. 원래 9사단장은 8사단의 1연대장인 이동휘가 되어야 했다. 하지만 정부와 군 총사령부의 간도인들은 이기표를 밀었다. 그의 과거 공적을 높이 산 것이다.

또 그의 연치가 고령인 점도 고려 대상이 되었다. 그래서 계급도 정령—전투가 끝나고 부령에서 정령으로 이미 조정해 주었다—에서 참장으로 승진시켰다.

이동휘 또한 참장으로 승진했다. 그다음에 창설될 사단, 즉 10사단장 자리 1순위는 물론 이동휘의 몫이 될 예정이었다. 물론 이 인사 조치에 대해 이동휘는 흔쾌히 동의해 주었다.

그리고 13도 의군의 제2연대장이었던 원우상 참장은 전역한 후 간도로 들어가 군부의 인사국에서 일하게 되었다.

정부는 9사단에 배속되는 병력까지만 직업군인으로 인정하기로 했고, 이후 국제 정세와 재정 형편 및 보급 문제 등을 고려해 적당한 시기에 징병제로 전환하기로 했다.

해병대는 이미 사단 체제로 전환했다. 함경도와 평안도 지역에서 병력을 대거 뽑아 한 개의 여단을 더 늘려 두 개 여단이 되었다. 그래서 함경도에 1여단이 주둔하고 평안도 남포에 2여단이 주둔하게 됐다.

해병대는 1여단과 2여단이 각기 사단으로 성장할 때까지 병력을 계속 충원하기로 했다. 물론 해병대 2개 사단 병력 모두 직업군인으로 인정할 계획이었다. 그러면 곧 대한제국군은 해병대를 포함해 총 11개 사단 병력을 보유하게 될 전망이었다.

얼마 전, 새로 창설된 7사단은 여전히 새로 얻은 영토에서 토비를 토벌하고 있었다. 이들은 가끔 마적단이라 할 수 있는 규모의 병력과 전투를 벌이기도 했지만, 대부분 소소한 규모의 토비들을 처리하는 일이 월등히 많았다. 그래서 병력을 잘게 쪼개야 했고, 자잘한 전투를 수없이 치러야 했다.

7사단 병력이 새로 얻은 영토를 샅샅이 훑으면서 또다시 수많은 이민족 마을 주민들이 국경 밖으로 추방되는 일이 벌어졌다. 7사단 병력은 이미 마적 집단으로 변해 버린 마을에 대해 조금의 관용도 베풀지 않았다.

또한 엄청난 수의 토호들, 즉 점산호들이 재산을 잃고 떠나거나 포로로 잡혔다. 점산호는 이유를 불문하고 토벌 대상이 되었다. 워낙 과거의 죄과가 큰데다 새로운 마적 집단 탄생의 불씨가 될 수도 있기 때문이었다. 덕분에 또다시 엄청난 양의 압류 품도 챙길 수 있었다. 역시나 대부분 은전이나 곡식이었다.

그리고 이 두 달간 가장 바쁘게 보낸 군인들은 해군 장교들이었다. 미래에서 갖고 온 모든 자료를 뒤져 일본으로부터 나포한 함의 제원과 운용 방식 등을 알아내기도 했지만, 그보다 일본 해군 포로들을 구슬려 이들에게서 노하우를 뽑아내는 것도 중요했다.

최첨단 함정을 운용했던 해군 장교들이라 이 시대의

구식, 그 구식 중에서도 구식인 이 함정을 쉽게 움직일 수는 없었다. 또한 국방 과학 연구소 사람들과 함포의 개량과 레이더 장착 문제에 대해 계속 의논하고 있었다.

그리고 해군 무관학교를 개설해 생도를 뽑고, 해군 훈련소도 세워 신병들을 모집했다. 그런데 육군 무관학교에서 수학 중이던 홍범도의 아들 홍양순과 김좌진이 해군 무관학교로 소속을 바꾸겠다고 지원해 왔다. 물론 이들을 부추긴 건 간도인 장교들이었다. 안중근의 사례처럼 이들을 해군의 동량으로 키울 계획을 세운 모양이었다.

장교 후보생들과 훈련병들이 한창 교육에 열중하고 있는 시기에 해군 장교들은 정보국 요원의 지원을 받아 일본 해군 수병 포로들의 회유를 진행하고 있었다. 물론 장교는 후순위였다.

결과적으로 이 일은 그리 힘들지 않게 마무리되었다. 더 나은 대우, 즉 포로 신분에서 벗어나 월급까지 준다고 했고, 적당한 시기가 되면 일본으로 돌려보내 주겠다고 하니, 일본인 포로들은 고민할 것도 없이 돕겠다고 나섰다. 장교들과 격리 수용을 한 것도 큰 도움이 된 듯했다.

하지만 이 뜻밖의 전투 휴지기는 또 다른 오해를 낳고

있었다. 못마땅해하는 지식인들도 많았다. 모두들 이해가 안 된다는 말로 얘기를 시작했다.

"아니! 그때 그 기세를 몰아 쭉 내려가면 왜놈들을 모두 몰아낼 수 있었을 텐데, 군 지휘부는 왜 진군을 멈춘 겁니까?"

이 말을 하는 이갑(李甲)의 얼굴은 붉게 상기되어 있었다. 을사늑약 전까지 대한제국군 장교로 복무를 하던 그였다. 그는 전장의 상황을 전해 듣고 무척 고무되어 있었다. 또 간도군의 무력이 생각보다 대단하단 것도 알게 되었다.

"물론 연해주와 함경도, 평안도, 만주의 왜적들을 모두 무찌른 그들의 공을 폄하하자는 건 아니외다. 다만, 이 천재일우의 기회를 왜 놓쳤냐 하는 게지요."

"낸들 알겠소? 그들의 속내가 뭔지는 몰라도 분명 이번엔 실수한 거요. 시세 예측을 잘못한 거지요."

이런 이들은 대개 평안도와 함경도, 연해주, 미국에서 넘어온 신지식인들이었다.

"맞는 말이오. 뭐, 우리 측의 보급과 병력 규모에 문제가 있어 그랬다고 하는데, 그렇다면 최소한 황해도까진 진격했어야 했소."

"도산의 생각은 어떻소?"

다른 이들의 말을 신중히 듣고 있던 박은식(朴殷植)은 안창호에게 질문을 던졌다. 그는 본래 유학자지만 위정척사와 성리학 체계에 의문을 가진 후, 신학문을 꾸준히 익혀왔다. 이후 독립협회에도 참여하고, 황성신문과 대한매일신보의 주필로 활동을 해왔다.

그리고 간도 세력의 존재를 알게 된 이후 다른 지식인들과 더불어 이곳으로 들어왔다. 연배도 높거니와, 한성에서 언론인으로 명망이 높다 보니 그는 자연스레 간도 신지식인 사회의 좌장으로 떠올랐다.

"글쎄요. 저들도 뭔가 생각이……."

얼마 전, 이 지식인 사회에 새로 합류한 안창호였다. 사람들은 안창호와 전명운 등 미국에서 건너온 인사들을 따뜻하게 맞아주었다. 또한 이들로부터 미국에 대한 궁금증도 해소하고 있었다.

"의제는 어찌 생각하나?"

안창호는 넌지시 정재관에게 공을 넘겼다. 안창호는 아직도 정재관이 무슨 일을 하는지 몰랐다. 당연히 이 자리에 자리한 인사들도 그랬다. 정재관이 정부에서 높은 지위에 있다는 건 알았지만, 누구도 그의 정체에 대해 자세히 몰랐다. 그저 능력과 연줄이 좋아 승승장구하는 젊은이 정도로 알려진 상태였다.

"허허! 회장님, 저라고 뭘 알겠습니까?"

안창호는 '회장' 소리에 살짝 미간을 찌푸렸다.

"하지만 제가 들은 바로는……."

그러나 정재관이 말을 이어가자 장내가 조용해졌다.

"여러분 말씀대로 보급 문제와 병력 규모 문제를 가장 크게 고려했다고 합니다. 앞으로 왜놈들이 본토로부터 얼마나 많은 병력을 끌어모아 올지 모르는 형국입니다. 아울러 일본과 동맹을 맺은 영국이나 미국이 군함을 보내올 가능성도 있지요. 저들이 바닷가를 오르내리며 무력시위를 벌이면 조금 난감한 상황이 이어질 수 있지요. 그래서 더 남쪽으로 전선을 확대할 수 없던 겁니다."

"아, 그럴 수도 있겠소."

"허허! 영국과 미국도 우리의 적이었구려."

"여러분이 조급해하는 이유를 잘 압니다만, 아국의 상황도 잘 이해해야 합니다. 동쪽과 북쪽은 러시아와 국경을 맞대고 있습니다. 물론 러시아가 당장 도발해 올 가능성은 별로 없습니다만, 그래도 병력을 촘촘히 배치해 대비를 해놓아야 합니다. 또 만주 땅 서쪽에선 관동주의 일본군 병력 및 청 병력과 곧 전투를 치러야 합니다. 남쪽도 물론 큰 전투가 벌어질 겁니다. 이런 상황에서 지킬 곳을 더 넓힌다거나 적이 상륙할 해안선이 길어진다면 분명 우리 군은 엄청난 곤경에 처하게 될 겁니다."

"허허, 듣고 보니 왜 우리 군이 진군을 멈췄는지 모두 이해가 되오. 역시 아는 만큼 세상이 보이나 보오."

박은식은 고개를 끄덕거리며 좌중을 둘러보았다. 다른 이들도 조금은 수긍하는 눈치였다. 성급히 얘기를 꺼낸 데에 대해 미안해하는 기색도 보이고 있었다.

'물론 간도인들의 진짜 속내는 따로 있지만, 그건 말해 드릴 수가 없군요.'

정재관은 겉으로 뱉지 못한 말을 속으로 되뇌고 있었다.

제6장

추가 파병

신민부로 돌아간 장작림은 일단 조이손의 따가운 눈총을 견뎌내야 했다.

　"에잉! 내 그렇게 말렸건만, 해성은 왜 갔소?"

　"면목이 없소이다, 대인."

　장작림은 아직 거목이 아니었다. 한창 크기 시작하는 나무였는데, 너무 이른 시기에 간도군에 의해 꺾인 꼴이 되었다. 장작림은 다시 시작하는 처지와 다름없게 되었다. 조이손은 그런 장작림을 바라보며 그저 한숨만 내쉬었다.

　"뭐, 이제 새로 동삼성 총독이 왔으니 남은 일은 그

의 몫!"

"동삼성… 총독?"

"그렇소. 조정에서 이번에 정식으로 총독을 임명하였소."

"그렇습니까?"

"하여 그간 정리도 있고 하니, 내 그댈 소개시켜 주겠소."

망했다 해도 장작림의 이름값은 여전히 쓸 만한 모양이었다. 어쨌든 만주 마적 세력 중에 장작림은 나름 관과 가까워 청 당국의 입장에서 유일하게 믿고 쓸 만한 인물이었다.

"감사합니다, 대인."

조이손은 장작림을 이끌고 서세창에게 찾아갔다. 사실 두 사람은 장작림의 처우에 대해 이미 이야기를 끝낸 상황이었다. 공권력이 부족하니 무력을 가진 세력을 중용하는 수밖에 없다는 게 1차적인 결론이었다.

그리고 누굴 밀어주느냐는 문제 또한 바로 답이 나올 수밖에 없었다. 두립삼을 회유하잔 말도 살짝 나왔지만, 단번에 기각당했다. 회유가 안 되는 인물이고, 믿음이 가지 않는다는 게 이유였다.

"허허! 반갑소이다, 장 대장."

"불초 장작림, 신임 총독께 인사드립니다."

원 역사에서 서세창(徐世昌)이 초대 동삼성 총독으로 부임하는 건 1907년 4월의 일이었다. 그와 더불어 당소의(唐紹儀)가 봉천 순무(巡撫)로, 주가보(朱家宝)는 길림 순무, 단지귀(段芝貴)는 흑룡강 순무로 임명되었다 했다. 즉 1총독, 3순무 체제로 민정을 실시한 것이다.

외세의 침탈에 따른 위기의식으로 청 정부가 봉금을 해제하고 한족을 대거 만주 땅에 풀자 만주의 한족 인구가 급증했다. 이에 다른 성처럼 민정을 실시할 필요를 느낀 것이다.

또한 그간 방치한 애매한 행정 체계 대신 정식 행정기관을 설치해 대외적으로 명분을 확보할 필요도 있었을 것이다. 그러나 현재는 만주에서 큰 전투가 있었던데다 여전히 전쟁의 불씨가 남아 있는 형국이라 한족의 유입이 더 이상 이뤄지지 않고 있었다.

오히려 장춘과 봉천에서 피난 온 한족들로 인해 신민부가 북적거리고 있었다. 어쨌든 간도 세력의 팽창은 만주에 한족의 인구 증가를 막는 효과도 있었다. 청조가 허겁지겁 서세창을 동삼성 총독으로 임명해 보낸 걸 보면 행정적 소구보다 명분 축적을 위한 행위일 가능성이 컸다.

역사가 그대로 흘러갔더라면 장작림은 서세창의 지원 아래 만주의 마적세력을 일통한 후, 거대 군벌로 성장할 수 있었다. 하지만 오늘, 꽤 다른 상황에서 만나게 되었다.

신민부는 봉천에서 그리 멀지 않았다. 하지만 봉천에서 신민으로 가려면 요하를 건너야 한다. 바로 동쪽에 요하가 붙어 있어 신민부의 청 관료들은 그나마 안심하고 있었다. 어쨌든 이 강이 적의 진군을 늦춰줄 것이기에 도망갈 시간은 벌 수 있으리라 생각한 것이다.

결국 따지고 보면 신민부는 최전선과 마찬가지였다. 남쪽의 요동 반도에 일본군이 웅크리고 있고, 새로 흥기한 한국국은 길림에서 요양까지 남만주 철도 노선을 따라 배치되어 마치 국경선을 형성해 버린 모양새였다.

결국 서세창이 통치할 동삼성은 신민부 이서와 이남 지역에 불과했다. 간도는 물론이고, 흑룡강 지역은 아예 꿈도 못 꿨다. 내몽골도 마찬가지였다. 내몽골 지역은 사실상 마적들이 장악하고 있는 무법지대나 마찬가지였다.

역사가 그대로 흘러갔다면 내몽골의 마적 세력 또한

장작림이 토벌했을 것이다.

서세창과 장작림은 지난 일을 다시 되새기며 깊은 얘기를 나누었다.

"결국 우리 군이 일본군과 힘을 합쳐 조선 도적놈들을 치기로 했소. 어차피 일본군의 주둔은 국제적인 조약으로 인해 결정된 일인 바, 우리가 힘이 있더라도 저들을 당장 징치하지는 못할 것이오. 그러니 간도에서 튀어나온 조선 놈들부터 처리하는 게 순리 아니겠소?"

서세창은 청 조정이 고민해 왔던 문제가 어떻게 결론이 났는지 간략하게 설명해 주었다.

장작림은 고개를 끄덕거렸다. 그로서는 당연한 결론이었다. 하지만 그의 뒤통수를 간질이는 문제가 남았다. 그의 머릿속에 지난 전투의 참상이 파노라마처럼 펼쳐졌다. 생각보다 강한, 아니, 감히 대적할 수나 있을 군대인지 모를 저들의 무력이 문제였다.

"간도의 조선 놈들이 꽤 강하다 들었는데……."

"그렇습니다. 일본군도 속수무책으로 당했습니다. 최신 무기로 무장하고 화력도 강한데다 병력도 결코 적지 않았습니다."

"흠, 일본군과 우리 북양군이 힘을 합하면 이길 수 있겠소? 곧 일본군 1개 사단 병력이 대련에 상륙할 예정이라고 합디다."

"그럼 우리와 저들 합해 2개 사단 3만 병력이……."

"그렇소. 그런데 간도 병력은 얼마나 되는 것 같소?"

"정확히 모릅니다만, 저번에 우리와 싸운 적 병력은 1만 명 정도일 겁니다."

"음, 그러면 이번에도……."

"알 수 없습니다. 다만, 봉천 이남과 이북에도 예비대들이 있다고 들었습니다. 그들의 규모는 알 수 없습니다."

관동주의 일본군과 청군 진영은 아직도 간도군의 규모를 정확히 파악하지 못하고 있었다. 다만, 봉천 전투를 복기하며 규모를 추정하고 있었다.

"어쨌든 우리 진영에 간도군과 싸운 경험이 있는 이가 많아야 좋지 않겠소? 게다가 금주에서 올라올 제4진 병력은 이곳 지리에 익숙하지 않으니 안내자도 필요할 거고. 그래서 말인데, 금주에서 올라오는 단기서군에 합류해 주시오. 병력은 내줄 수 없소. 그나마 몇 안 남은 병력이라… 부족한대로 이곳 신민부의 치안을 유지하는 데 써야 하니 말이오. 내 추천장을 써줄 테니, 가서 참모 역할을 해주시오. 그간 전투에 참여한 경험도 전해 주고, 길 안내도 잘해주시고…….”

서세창의 말이 끝나자 장작림은 두 주먹을 불끈 쥐었다.

‘기회다!’

장작림은 본능적으로 깨달았다, 재기의 기회가 바로 찾아왔음을.

“감사합니다. 최선을 다하겠습니다.”

“그럼 내일 당장 금주로 향하시오.”

서세창은 장작림의 흔쾌한 수락에 살짝 미소를 배어 물었다.

\*          \*          \*

벌써 추수철이다. 황제는 추수에 바쁜 농민들을 격려하러 화룡 근교의 농업지대로 출타했고, 그 황제를 수행하러 상당수 관료들이 자리를 비웠다. 그러다 보니 늘 일에 치여 사는 몇몇 간도인 관료들만 자리를 지키게 되었다. 이런 공식 행사에도 참여 못할 만큼 이들은 바빴다.

"후, 우리 잘하고 있는 걸까요? 이대로 가도 괜찮은 걸까요?"

공상부대신 손영일은 깊은 한숨 끝에 넋두리하듯 낮게 읊조렸다. 그의 손엔 여기 오기 전에 만들어두었던 마스터플랜이 들려 있었다. 오늘따라 그의 어깨가 무척이나 무거워 보였다.

"어머, 손 부장님. 그러다 바닥이 꺼지겠어요. 웬 한숨을 그렇게……."

뜬금없는 손영일의 말에 사회복지부대신 이수진이 먼저 반응을 보였다. 간도인 관료들은 '대신'이란 말이 입에 붙지 않아서인지 여전히 서로를 부장이라 칭하고 있었다.

"아무리 생각을 해도, 너무 빨리 일을 벌인 것 같지 않나요? 여기로 온 지 아직 2년도 안 되었는데, 너무 많은 영역을 확보했어요. 이 드넓은 영토를 지키느라 앞으로 수많은 전투도 치러야 할 거고."

"크크, 그게 다 돈이죠, 돈! 벌이는 없는데 쓰기만 해야 할 상황이니."

탁지부를 맡고 있는 성영길은 과장된 손짓을 곁들여가며 손영일의 의견에 찬성했다. 그 또한 팽창정책을 적

극적으로 말린 인물이었다.

"그래도 수월하게 영역을 확장할 수 있는 시점이라며 서두르지 않았습니까? 지금 아니면 기회가 별로 없다고."

광무부대신 이태인의 말이었다. 간도인들은 광업의 육성이 급했기에 광무부까지 따로 두었다. 광무부는 그간 석탄과 석회석, 구리, 철, 금, 알루미늄, 텅스텐 등의 광산을 개발하느라 정신이 없었다. 아직 간도에서 캘 수 없는 광물질은 러시아나 세창양행을 통해 수입해서 썼다. 수입한 건 대부분 1차 가공을 마친 광물이라 가격도 만만치 않았다.

"그래도 너무 성급했어요. 기초산업도 아직 육성하지 못한 마당에 돈 잡아먹는 군수산업만 비대해지고 있는 상황이죠. 인력도 문제입니다. 생산 시설을 더 늘리고 싶어도 전문 인력이 없으니……."

"쬐금이나마 금을 생산하고 폐하의 내탕금이 보태져 버티고 있는 거지, 이러다 돈이 똑 떨어지면 어떤 일이 벌어질지 상상이나 해보셨나요?"

"지방행정은 또 어떻고요? 까놓고 말해 행정이 제대로 이뤄지고 있는 게 동간도와 서간도밖에 없죠. 나머지

야 그저 큰길 따라 드문드문 마을 몇 개 박아 넣은 정도
지."

이태인의 말에 바로 반박을 하는 손영일과 성영길이었
다.

이태인은 괜한 말을 했나 싶어 뒤통수를 긁적거렸다.
흘러가는 말에도 예민한 반응을 보이는 걸 보니 이들의
스트레스가 어느 정도인지 능히 짐작할 만했다.

이들의 판단 기준점은 여전히 미래 세계에 있었다. 그
러니 이들의 눈에 지금 하고 있는 일 모두가 중구난방이
고, 흉내만 내는 정도로 보일 수밖에 없었다. 그 편차가
크기에 이들의 스트레스도 클 수밖에 없었다.

"호호, 그래도 손 부장님 덕에 공장도 몇 개 짓고 무기
도 생산할 수 있었죠. 그 공장들을 빨리 만들지 못했다
면, 생각만 해도… 어휴."

눈치가 빠른 전소연이 재빨리 이야기의 초점을 긍정적
인 쪽으로 바꿔 버렸다.

"그게 우리가 가진 최대 장점 중의 하나이긴 합니
다."

칭찬 때문인지 손영일의 기가 조금 살아났다.

"기계를 만들어내는 기계를 보유한 덕분에 원자재만

잘 공급되면 공장을 늘리는 건 그리 어려운 일이 아니죠. 하지만…….”

손영일의 표정이 다시 어두워졌다.

“공장을 돌릴 인력과 전력이 또 문제죠?”

손영일의 말을 건설부대신 연준희가 대신해 주었다. 무겁게 고개를 끄덕이는 손영일.

“전력이야 훈춘의 제2화력 발전소가 완공되면 좀 나아질 테고.”

그러고 보니 간도엔 벌써 두 개의 발전소가 돌아가고 있었다. 백두산 산록의 지열발전소와 화룡의 화력발전소였다. 물론 둘 다 소규모 발전소라 전력 생산량이 그리 크지는 않지만, 화룡 공업지대의 수요 정도는 충분히 충족시키고 있었다.

이렇게 툴툴거리다가도 이들은 금세 대안을 찾아 나갔다.

“인력과 원자재가 문제인데… 큼큼!”

성영길은 코를 벌름거리며 콧소리를 냈다. 그가 이럴 때면 결정적인 아이디어를 제시할 때였다. 물론 그가 던질 아이디어가 방금 생각해 낸 건 아닐 게다. 다른 이의 의견을 쭉 몰아온 다음, 결정적인 순간에 수를 던지는 것이 바로 그의 고전적인 수법이었다.

"이제 때가 되었다고 생각합니다. 민간인의 도움을 받을 때가. 돈 문제도 그렇고."

"아직 이르지 않습니까?"

청중들은 이내 그의 말뜻을 알아차렸다. 벌써 수차례 나온 얘기였다.

"그러게요. 너무 섣불리 풀어놓았다가 우리 시대의 재벌과 같은 괴물을 만들어내면 어찌합니까? 게다가 기술이 해외로 유출될 문제도 생각해야죠. 기술을 팔아먹을 자들이 분명 나올 텐데요."

"아니지요. 구더기 무서워 장 못 담근답니까? 이제 한계에 달했으니 결단해야 합니다."

"우리 마스터플랜에 따르면 5년 차부터 시작할 일 아닙니까?"

"하하! 솔직히 우리 지금 하고 있는 일 중에 마스터플랜대로 하고 있는 게 있나요?"

"하긴."

성영길의 말대로 처음 계획된 일정대로 진행된 일은 거의 없었다. 모든 게 바뀐 것이다. 또 대부분 생각보다 빠르게 진행되고 있었다.

"또 부작용 문제에 대한 부분도 본래 계획대로 추진하면 잘 극복할 수 있을 겁니다. 그리고 우리가 풀어놓을 기술이 좀 많습니까? 이 시대 기준으로 최신 기술을 야금야금 시장에 내놓으면 자본가들을 얼마든지 통제할 수 있을 겁니다. 그러면 정책에 협조 안 하고 우리가 정한 룰을 어겨가며 탐욕을 부리는 자는 언제든 시장의 룰을 따라 징벌할 수 있죠."

어차피 앞으로 대한제국의 산업계와 재계는 정부 주도로 발전할 수밖에 없다. 정부가 모든 기술—그것도 백여 년이 앞선—을 보유하고 있고, 그걸 민간에 풀어놓아야 한다. 결국 정부에서 기술을 전수 받은 이는 사실상 독점 시장에서 승승장구하게 될 것이다.

그래서 간도인들은 기술을 풀어도 여러 업체 혹은 사람에게 풀어 경쟁 구도로 만들 예정이었다. 또한 기술을 전수한 대가로 정부 측 지분을 얻어내 경영에도 일정 부분 간섭할 계획이었다.

그 간섭은 공공의 룰을 강요하기 위함이었다. 노동자에게 혹독한 노동을 강요하거나 부당한 경영 행위, 탈세 및 불법적 상속 행위 등을 감시하기 위한 지분인 것이다. 이런 것들이 성영길이 말한 부작용이었다.

기술 인력도 충분하지 않고, 시장도 성숙하지 못했다. 게다가 자본가도 적은 상황에서 기술의 민간 이양 및 생산 시설의 설립은 그만큼 더 많은 부작용을 양산할 수 있는 것이다. 그 부작용은 결국 족벌 경영 체제의 등장으로 귀결될 터였다.

"하지만 부작용이 현실로 나타날 가능성이 무척 크다는 게 문제죠. 공공의 룰에 대한 관념이 희박한 상황이라……."

"하하, 이해합니다. 조선 시대에도 소수 상단들이 권력과 밀착하고 서로 담합해 다 해먹은 전례도 있고 하니. 또 분명 그런 관성이 나타나겠죠. 하지만 우리 힘을 믿읍시다. 사업 초기에 돈 좀 벌었다고 망나니짓을 하는 자가 나타나면 우린 언제든 징벌할 수 있으니까요. 우리가 힘을 갖고 있을 때는 이렇게 직접적으로 해결하고, 그 이후엔 제도를 잘 정착시켜 시스템으로 관리해야죠."

이 자리에 있는 대신들은 벌써 성영길의 논리에 반 이상 넘어간 상태였다. 모두가 고개를 끄덕거리며 수긍하고 있었다. 모든 산업을 정부 주도로 하는 것에도 한계가 있었다. 교육도 그렇고, 산업도 그렇고, 이제 민간의 도움을 받아가며 일을 할 때가 된 것이다.

"흠, 그러자면 일단 지금 공장에서 어느 정도 기술을 익힌 이들을 독립시켜야 하겠습니다. 일단 하청업체로 키우고, 최소 3배수로 회사를 만들게 하고…… . 음, 그런데 결국 품질이 문제려나?"

손영일은 혼잣말인지 대화인지 모르게 중얼중얼거리며 생각에 열중했다. 손가락까지 꼽아가며 말하는 품새가 꽤나 집중하고 있는 듯 보였다.

"믿어야죠, 손재주 좋고 눈썰미 좋은 우리나라 사람의 특성을. 하하!"

성영길은 언제나 낙천적이었다. 냉철한 분석가임에도 결과를 두려워하지 않는 낙천성은 그만의 장점이었다. 그래서 언제나 그의 경제정책은 공격적인 면이 있었다.

"허허! 그런가? 하기야. 그럼 보안이 문제인데…… ."

"고 국장이 알아서 하겠죠."

성영길은 마지막 문제도 명쾌하게 풀어냈다, 민우를 믿자는 말로.

"그럼 이 안건을 다음 내각회의에 바로 상정합시다. 기획서는 제가 만들겠습니다."

손영일의 결심이 굳은 모양이었다.

"그게 좋겠군요."

"호호! 고민우 국장, 꽤 골치 아파지겠습니다. 벌써 잔뜩 미간을 모으고 툴툴거리는 표정이 머릿속에 그려지네요."

전소연은 익살스럽게 웃어 댔다.

*　　　*　　　*

민우는 미간을 잔뜩 찌푸리고 있었다.

정보 관련 기구가 재편되면서 그간 육성해 놓은 정보국 요원들과 특전사에서 전역하고 들어온 군 출신 인사, 제국익문사 요원들의 인사 기록 카드를 모두 모은 후, 내부의 정보국과 제국익문사, 감사원 등에 인재를 골고루 재배치하고 있었다.

권력기관들의 조직 토대를 만드는 일이기에 그는 신중히 일을 처리하고 있었다. 정재관과 한윤희, 최란, 송선춘 등이 같이 자리해 일 처리를 도왔다.

"현장 요원이나 실무진 배치는 대충 윤곽이 나왔는데, 수뇌부가 문제네. 흠……."

민우는 펜을 들어 볼을 툭툭, 두드렸다.

"아무래도… 윤희가 감사원으로 가야 할 것 같다. 그

쪽은 정보 업무에 특화된 인물이 없으니. 가서 이회영 원장님을 보필해 감사원 조직을 만들어보는 게 어때? 감찰국장으로."

"나밖에 없나?"

"왜?"

윤희는 몰라서 묻느냐는 표정으로 민우를 살짝 째려보았다.

"허허! 저 친구, 정말 눈치도 없지."

송선춘이 너털웃음을 흘렸다.

"뭐가?"

"호호, 그게 오라버니의 유일한 약점이죠."

최란까지 아는 척하자 윤희는 살짝 얼굴을 붉히더니 이내 수긍했다. 사실 그녀도 머릿속으로 민우의 말을 전부 수긍하고 있었다. 다만, 그놈의 감정이 문제였다.

"아, 알았어. 내가 필요하면 가야지."

떨떠름한 윤희의 반응에도 민우는 아랑곳하지 않고 제 길을 갔다.

"음, 그리고 제국익문사는 의제와 송 주사 자네가 있으니 문제없고. 여기에 특전사 장교 출신들을 붙여주면 되겠지."

"누가 좋겠소?"

"일단 경정민 정령은 전역하고 궁내부의 황실 경호실장으로 갔으니 안 될 거고, 정종한 정령과 진아람 정령을 배치하면 되지 않을까?"

"오, 좋소! 그분들이라면 믿을 만하지."

민우의 말에 정재관의 표정이 환하게 밝아졌다. 한성에서 늘 함께 일한 이들이니 더할 나위 없이 좋았다. 그리고 제국익문사는 외국 관련 업무가 많은 터라 장교 출신 인사를 배치하는 게 나았다.

"에, 그리고 우리 정보국은… 란이… 란이가 소속을 바꿔 날 도와주는 게 어떨까?"

"예에?"

"흥!"

최란은 조금 놀란 표정이고, 한윤희는 콧방귀를 뀌었다.

"저야 상관없지만……."

최란은 윤희의 눈치를 보며 조심스레 긍정의 뜻을 표했다.

"이제 우리 정보국 할 일이 배로 늘 거야. 땅도 넓어졌지, 남쪽에서 계속 사람들이 들어오고 있지. 그 틈에 섞여 수많은 첩자들이 들어올 거고, 또 토비들 동정도 파악해 두어야 하니까. 그리고 조직이 더 커지면 이민족 마을에 대한 정보도 낱낱이 파악해 둬야 하겠지. 물론 지금은 언감생심이지만."

국외 정보를 다루는 제국익문사는 아직 해외 첩보망이 가동되지 않고 있어 한성을 비롯한 세력권 밖의 일반 정보, 즉 대동강 이남 지역의 일본군 동정이나 친일 매국노들의 명단과 죄상을 조사하는 일, 한성 정가의 움직임 등만 체크하고 있었다.

하지만 민우의 정보국은 업무가 폭증하고 있었다. 믿을 만하고 검증된 인사들이야 신경 쓸 이유가 전혀 없었다. 하지만 계속해서 간도로 들어오고 있는 유명 인사들, 특히 미래 역사에서 변절한 전력이 있는 이들에 대해 밀착 감시를 하고 있었다.

현재 가장 요주의 인물은 엄인섭이었다. 엄인섭은 화룡에서 한량처럼 지내고 있었다. 정부는 그에게 어떤 직위도 주지 않았다. 생각 같아선 진즉 쳐내고 싶었지만, 최재형 선생과의 관계 때문에 그저 감시만 하고 있는 실정이었다.

그뿐만이 아니었다. 이전부터 계속 해오던 일도 문제

였다. 평안도와 함경도에서 대거 유민이 유입되었고, 현재도 계속 들어오고 있었다. 이미 간도가 기회의 땅이란 게 알려진 마당에 연고지에 큰 기득권을 갖고 있는 이가 아니라면 고민할 것도 없이 간도행을 택하고 있었다.

또한 삼남 지방에서도 강원도 산악 지대를 통해 계속해서 유민이 유입되고 있었다. 그 틈에 일본에 매수된 밀정도 상당수 끼어 있었다. 간도 정보에 목말라 하는 일본 측이 밀정 수를 대폭 늘렸기 때문이다.

"이제 국경선을 지키며 감시하는 체제는 이미 의미가 없어졌으니, 주요 정보원에 접근하는 걸 차단하는 쪽으로 정책을 바꿔야 해. 이제 정보가 새어 나갈 수도 있다는 걸 전제로 해서 방첩 계획을 새로 수립해야겠지."

"하기야 지금 인력으로 정보의 누설을 막는다는 것 자체가 어불성설이죠."

윤희도 어느새 진지한 표정으로 돌아와 있었다.

이들의 말처럼 간도 세력권의 급속한 확장과 대규모 인구의 유입으로 예전처럼 철통같이 보안을 유지하는 게 불가능해졌다. 이제 밀정들은 맘만 먹으면 험한 산길을 이용해 간도로 들어오고 나갈 수도 있게 되었다. 그래서 주요 군 시설이나 산업 시설 등 정보 소스에 대한 접근을 원천적으로 막는 방식으로 전환시키겠다는 것이다.

"그러니 군의 협조도 받아야지. 이제 군 정보 조직도 만들 때가 되었어."

"그러게요."

이미 간도군에 헌병 병과도 설치된 지 오래였다. 그래서 헌병대의 일부 인원을 차출해 군 정보국을 창설하는 문제도 얘기가 오가고 있었다.

*　　　*　　　*

"음, 여기가 의란인가?"

간도군 복장을 한 어느 장교가 망원경으로 일대를 열심히 관측하고 지도에 여러 가지 기호와 숫자를 적어 넣고 있었다.

"주민들에게 물어보니 예전엔 삼성이었답니다."

대대장은 부관의 첨언에 고개를 끄덕인다.

"그럼 목단강은 이 동네에서 끝나는 거네?"

의란(依蘭)은 예전에 삼성(三姓)이란 이름을 갖고 있는 마을이었다. 송화강과 목단강이 만나는 곳에 위치한 도시라 청대에 부도통까지 두었던 곳이다. 건주여진의 중심지였던 곳이고, 길림성 북동부의 요충지였다.

이 마을에서 송화강을 따라 서쪽으로 가면 하얼빈이 나오고, 동북쪽으로 가면 가목사(佳木斯)란 마을을 거쳐 흑룡강과 만나게 된다.

"확실히 요충지는 요충지네. 자아, 그럼 이 부근에 본부를 차리기로 하지."

이들은 목단강을 따라 오며 지도를 체크하고 있었다. 그리고 목표한 대로 이곳 의란 근처에 도착해 병영을 꾸리게 되었다.

이로써 동청 철도 인근에 주둔 중인 7사단의 병력 중 일부가 이제 동청 철도를 넘어 상시 주둔하게 되었다.

이는 상당히 파격적인 사건이었다. 러시아 측의 신경을 건드리는 일이기 때문이었다. 간도군은 마적단 토벌을 핑계로 수시로 철도를 넘나들더니, 급기야 1개 대대 병력을 파견했다. 동청 철도 이남 지역의 항구적인 안전을 위해 군의 주둔이 필요하다는 논리였다.

엄청난 뇌물을 받아먹은 러시아 철도 수비대 장교들은 병력이 넘나드는 정도는 눈감아주었지만, 간도군 병력의 일상적인 주둔은 차원이 다른 문제였다. 결국 극동 총독에게 보고해야 했고, 이 때문에 한바탕 논란이 일어났다.

총독은 당연히 간도군 병력을 몰아내고 싶었지만, 그럴 명분이 있는 건 아니었다. 그들이 쥐고 있는 건 어디까지나 북만주 지역에 대한 경제적 이권 정도였지, 그게 영토 점유권을 의미하는 건 아니었다.

하지만 열강 중의 한 나라가 이권을 쥐고 있는 곳에 군대를 투입하는 건 대단히 결례에 가까운 행위였다. 그 때문에 한바탕 논란이 일어난 것이다.

이처럼 큰 사건이 일어났음에도 러시아는 신중한 태도를 보였다. 일본군 수개 사단이 이 병력에게 패퇴했다는 소식은 이미 국제사회에 파다하게 퍼져 있는 상태였다. 한마디로 만만한 군대가 아니었던 것이다.

그렇기 때문에 러시아 극동 지방의 군 인사들은 더욱 불안감을 느끼게 되었다. 그들은 계속해서 중앙정부에 증원군을 요청하거나 대책을 마련해 달라는 전문을 보냈다.

하지만 러시아 중앙정부는 요지부동이었다. 오히려 팽창하는 일본 세력에 대항할 수 있는 군대라면 우리에게도 좋은 일이라며 더 지켜보자고 회신했다.

러시아 또한 이이제이 전략에 입각해 극동의 정세를 보고 있던 것이다. 저 한국군이 일본의 체력을 확실히 빼놓으면 좋은 일이었다. 물론 그런 기대감은 만약 만주에서 한국군의 우위로 결론이 난다 해도 한국군 정도는 얼마든지 요리할 수 있다는 자신감에서 나온 것이기도 했다.

간도의 한국 정부는 이런 점도 고려해서 병력을 보냈을 것이다. 훗날 어차피 이 지역에서 러시아와 본격적인 힘겨루기를 해야 하고, 어쩌면 전쟁을 치러야 할지도 모르는 일.

그래서 정찰대 성격의 부대를 주둔시켜 삼강 평원 지역과 흥개호 주변 지역의 정보를 파악하게 한 것이다. 비록 일개 대대에 불과한 병력이라 하더라도 미래를 위한 중요한 포석이라 할 수 있었다.

이 간도군 병력들은 후대에 만들어진 지도에 현 시대의 지명과 원주민 마을의 존재 여부 및 인구수 등의 데이터를 파악하는 일과 전투가 벌어지면 전장이 될 만한 곳의 지형을 미리 조사하는 임무도 부여 받았다.

＊　　　　＊　　　　＊

제국익문사 한성 지부에서 인천으로 파견을 나온 이도

표는 두 명의 요원과 더불어 제물포항을 살피는 게 하루 일과였다. 앞으로 오게 될 일본군 병력이 부산항을 거쳐 경부선 철도를 이용할 가능성은 거의 없었다.

경부선 철도가 지나는 곳 인근에 한국군 8사단 병력이 이미 진을 치고 있다는 걸 일본 측도 알고 있었다. 결국 이들은 안전을 고려해 배를 타고 인천으로 들어올 수밖에 없었다.

"허허, 오늘도 허탕인가?"

그는 벌써 한 달째 이곳에 머물고 있었다. 처음 이도표는 가슴을 졸이며 이곳에 나왔다. 적의 대군이 제물포항에 모습을 드러내는 장면은 결코 목도하고 싶지 않았다. 그리되지 않을 터였지만, 내심 빌기도 했다. 제발 들어오지 말라고.

하지만 시간이 흐르자 그의 경계심도 조금씩 누그러지기 시작했다. 그러다 보니 부지불식간에 약간의 기대감이 서린 '허탕'이란 말도 튀어나온 것이다.

"그러게 말입니다. 근데 진짜 오기는 오는 겁니까?"

동행한 요원의 질문에 살짝 얼굴을 찌푸린 이도표는 혀를 끌끌 차며 답했다.

"온다고 하지 않았나? 한성에서 몇 번이나 확인한 정

보일세. 그러니…….”

이도표가 더 이상 묻지 말라는 말을 이어가려 할 때였
다.

“저, 저기!”

“엥? 왜 그러나?”

젊은 요원이 눈을 가늘게 뜨며 손가락으로 바다 쪽을
가리켰다. 이들이 서 있는 곳은 항구 인근의 야산이었다.

“저거, 혹시…….”

“응?”

이도표는 고개를 돌려 바다를 바라보았다. 그의 표정
이 점차 굳어지기 시작했다.

“음, 맞군. 틀림없이 일본군 함대일 게야.”

아직 형체를 분간하기 어렵지만, 엄청난 수의 검은 점
들이 수평선에 모습을 드러냈다. 조금 지나니 배의 형체
도 뚜렷해지고, 놈들이 하늘로 뺄어내는 검은 연기까지
뚜렷하게 보였다.

“엄청나군.”

“아, 도대체 몇 척이나 온 건지…….”

두 사람은 점차 망연자실한 표정을 짓기 시작했다. 함
대의 규모가 확인될수록 이들의 얼굴에 점차 핏기가 사라

졌다. 하지만 언제까지 멍하니 서 있을 수만은 없었다.

"기록하게, 배의 숫자를."

"네, 알겠습니다."

"그리고 병력이 내리기 시작하면 병력 수도 모두 세어야 하네."

"네."

명령을 받자 부하 요원은 그제야 품에서 망원경을 꺼내 들었다. 처음부터 그랬으면 이렇게 한참 동안을 눈살 찌푸리며 바다를 관찰할 필요도 없었을 터. 그만큼 충격이 컸던 모양이다.

＊　　　＊　　　＊

통감부와 한국 주차군 사령부의 움직임이 부산해지기 시작했다. 이토는 부일 매국노 관료들을 모두 소집했다.

이완용을 필두로 친일 내각의 구성원들이 모두 모이자 이토는 좌중을 한참 둘러본 후, 헛기침을 하더니 말을 꺼냈다. 평소와 다른 이토의 태도에 한국 관료들은 이채롭다는 표정을 지었다.

"험! 험! 드디어 대일본국 육군 병력이 제물포에 도착해 상륙을 완료했다 하오."

"오, 정말입니까?"

"아, 이제 되었어."

"허허, 참으로 오래 기다렸소."

이들은 마치 자국 군대라도 온 양 감격해하고 있었다. 모든 근심 걱정이 드디어 해소되었단 표정들이었다. 그간 다들 불안해 잠도 안 온다고 투덜대곤 했다. 이러다 북쪽의 폭도들이 전격적으로 밀고 내려오는 건 아닌지, 길 가다가 어느 이름 모를 괴한에게 총 맞아 죽을지 모르는 거 아니냐는 얘기도 술자리에서 안주거리처럼 늘 오르곤 했다.

"그럼 증원군의 규모는 어느 정도입니까?"

그래도 내각 수장이라고 이완용은 다른 대신들의 호들갑에 동조하지 않고 곧바로 현안에 대한 질문을 던졌다.

"이곳 반도에 3개 사단, 만주에 1개 사단 정도요. 그리고 또 준비가 되는 대로 2개 사단의 파병이 추가로 이어질 거요."

"와! 엄청난 규모입니다. 그 정도라면 간도에 도사리

고 있는 폭도들까지 능히 처리할 수 있겠습니다."

"게다가 해군도 동원된다 했소. 이들은 일본해와 황해에서 무력시위를 벌일 예정이라오."

이토가 동해를 일본해라 말하여도 조그만 거부반응이라도 보이는 이는 아무도 없었다.

"허허, 이번에 일본 측도 단단히 마음먹은 모양이외다."

대신들은 아직도 간도 세력을 과소평가하고 있었다. 그런 기색을 읽은 이토가 살짝 얼굴을 찌푸렸다.

"그럼 따로 원정군 사령관이 임명되었소?"

"아니외다. 하세가와 사령관이 원정군 사령관을 겸임하게 되었소. 그간의 패전에 대한 책임을 지겠다고 사의를 표명했으나 적에 대해 가장 잘 아는 이가 맡아야 된다는 의견이 있어서 그리되었소."

그 부분은 확실히 의외였다. 다들 하세가와의 퇴임을 기정사실화하고 있었다. 하지만 러일전쟁에 참여했던 최고위급 군 지휘관들이 대부분 원정군 참여를 고사하는 바람에 그가 사령관이 된 것이었다.

대충 파병 건에 대한 얘기가 끝나자 이토의 표정이 다시 달라졌다. 말투도 명령조로 바뀌었다.

"자! 이제 때가 되었소. 무력도 갖춰졌으니 대일본 제국과 한국이 하나가 될 때가 말이오."

"아!"

"음……."

이토의 이 짧은 선언적 말투가 꽤 충격적이었던 모양이다. 물론 이 자리에 있는 매국노들도 내심 그걸 원하고 있었고, 기정사실로 받아들이고 있었지만 말이다.

"허허, 놀라셨소?"

"아, 아닙니다."

"그럴 리가요. 간절히 원하던 바입니다."

"그렇소?"

이토는 대신들의 눈을 하나하나 뚫어져라 응시했다. 모두가 복잡한 심사 때문인지 이토와 시선 맞추기를 두려워했다. 이토의 얼굴에 살짝 경멸 어린 미소가 피어올랐다.

"그에 앞서! 먼저 새로운 황제를 세우시오. 물론 간도로 도망간 기존 황제를 폐하는 절차도 진행해야 할 것이오. 어떻소?"

"물론입니다."

"당연히 그래야 합니다. 수도를 버리고 도망간 황제를

어찌 일국의 황제라 할 수 있겠습니까? 그 과오와 책임을 논한 후, 폐위시키고 새로운 황제를 옹립해야 합니다."

이완용이 또박또박 준비된 말을 내뱉었다.

이토의 입가에 절로 미소가 번졌다. 이완용의 논리가 마음에 든 모양이었다.

"하여 절차는 여러분께 맡기겠소. 그리고 새 황제는 누가 좋을지 결정하는 것 또한 여러분께 맡기겠소. 의견을 종합해 오면 통감부는 그저 추인만 하겠소."

"오오, 감사합니다, 통감 각하!"

일본의 앞잡이 대신들은 하나같이 감격해하는 표정을 지었다. 중요한 일을 맡겨줘서 감사하다는 투였다. 하지만 이 모두가 짜고 벌이는 일이었다.

황제가 될 이도 이미 논의가 끝난 상황이며, 절차 문제도 모두 검토를 끝냈다. 이토는 그저 대외명분상 한마디 보탰을 뿐이다. 한마디로 회의록용이었다.

"그리고… 여러분을 도와드릴 분들을 내가 모셔왔소."

"예?"

이토는 대답 대신 부관에게 손짓했다. 부관이 나간 지

몇 분도 지나지 않아 문이 열렸다.

"아!"

"아니! 박 대감 아니시오?"

"허허! 그간 모두 잘 지내시었소?"

"어서 오시오. 반갑소이다."

"언제 들어오셨습니까? 들어오셨으면 미리 기별해 주시지 않고."

"오늘 아침에 도착했소이다. 그래서 연락드릴 시간이 없었소."

회의장에 들어선 이는 박영효와 그의 잔당들이었다. 개화파의 대표격인 인물이자 원조 친일파의 거두, 바로 그 박영효였다.

그의 귀국을 이미 기정사실로 받아들인 대신들은 벌써 그와 친한 척하며 그에게 아부를 하고 있었다. 물론 이완용은 떨떠름한 표정으로 억지웃음을 지어 보이고 있었다.

"박영효 공을 통감부의 고문으로 임명했소. 그러니 서로 잘 상의하여 일을 처리하도록 하시오."

곧 진행될 일들을 볼 때, 박영효가 지금 당장 내각에 들어가는 일은 그다지 의미가 없었다. 그저 고문 자리 정

도만 되어도 만족할 일이었다. 어차피 박영효는 일제의
전폭적인 신뢰를 받는 이였다. 그가 앞으로 승승장구하는
건 정해진 이치였다.

제7장

재점화

혼하(渾河)는 봉천의 젖줄이다. 무순을 마지막으로 만주 동부의 산악 지대를 빠져나온 혼하의 물줄기가 대평야 지대의 초입에서 만나는 곳이 바로 이곳 봉천이었다. 봉천은 만주족의 정신적 고향이자 명실상부하게 만주를 대표하는 도시였다.

봉천에 있는 대한제국 육군 제4사단 사령부에 젊은 장교가 찾아왔다.

"충성! 참령 신규식입니다!"

"오오! 어서 오시오, 신 참령. 원로에 고생이 많았겠소."

추명찬 사단장은 그를 반가이 맞이했다.

이곳에 주둔하고 있는 병력은 4사단 소속의 2개 연대, 즉 12연대와 18연대였다. 함흥식 정령의 7연대와 최군칠 정령의 22연대 병력은 봉천 북쪽과 길림 지역의 수비를 위해 따로 떨어져 있었다.

사령부에 회의차 찾아온 12연대장 서정인 정령은 신규식을 보자 눈빛이 이채를 띠었다.

'혹시… 그 신규식 선생?'

독립운동가로 유명한 신규식(申圭植, 1880년생) 선생은 원래 육군 장교였다. 훗날 김구 선생과 더불어 임시정부에서 맹활약하게 되는, 대표적인 독립운동가였다. 그는 과거 관립 한어(漢語) 학교와 육군 무관학교를 졸업한 후, 장교로 임관했다. 을사늑약 당시 진위대에서 부위 계급의 장교였던 그는 진위대 동료들과 의병을 일으키려 하다가 실패하자 분개한 나머지 음독자살을 시도했다고 전해진다.

물론 역사 속의 그 일은 지금의 현실에서 일어나지 않았다. 그는 작년 진위대의 봉기 때, 자연스레 합류해 13도 의군에서 활약했고, 몇 번의 전투 끝에 계급도 올라 벌써 참령의 지위에 올랐다. 그리고 총사령부의 명령으로 8사단에서 4사단으로 전출하게 된 것이다.

군 지휘부는 신규식을 이미 눈여겨보고 있었다. 또 중국어를 할 수 있는 그를 요긴하게 쓰기 위해 서부 전선으로 불러 올린 것이었다.

"아무래도 이곳은 한족들과 접촉할 일이 많은 곳이지요. 그래 사령부에 한어를 할 줄 아는 참모를 추천해 달라 했더니 이렇게 신규식 참령을 보내주었소. 신 참령, 이분은 서정인 정령이오. 간도인 출신이고, 12연대를 맡고 있소. 그리고 18연대장 김원교 정령……."

신규식은 절도 있는 동작으로 서정인과 김원교에게 전출 인사를 했다.

"자, 궁금한 것도 많겠지만, 일단 여독부터 푸시오. 내 부관에게 숙소……."

추명찬 사단장의 말이 끝나기도 전에 부관이 다급한 표정으로 들어섰다.

"사단장님, 급전입니다. 적이 움직이기 시작했답니다."

"뭐라? 어느 쪽인가?"

"둘 다입니다."

"음, 그렇다면 이번에도 놈들이 또 연합했나 봅니다."

서정인은 이미 예상했다는 듯 담담히 상황을 분석하고 있었다.

"금주의 북양군과 관동주의 일본군이 같이 움직였다면… 일본군 병력 규모는 파악됐는가?"

"그렇습니다. 1개 사단입니다."

이미 두 달 전부터 특전사 대원들은 적 주둔지 근처에서 정보 수집 활동을 하고 있었다. 그러니 정보는 상당히 정확할 수밖에 없었다.

"요양의 4사단도 이미 알고 있겠지?"

"그렇습니다."

"자, 그럼 7연대의 함흥식 연대장에게 연락해 계획대로 봉천으로 병력을 이끌고 오라 전하게."

"네, 알겠습니다."

"그리고 12연대와 18연대는 출진 준비를 서두르도록!"

"네!"

"신 참령, 아무래도 쉴 틈이 없겠구려. 일단 사단 참모부에 합류해 동료들과 인사 나누고, 같이 출진 준비를 하시오."

"예, 그리하겠습니다."

20대 중반의 젊은 장교 신규식은 활짝 웃으며 답했다. 기대감이 커서 장거리 여행에 따른 피로도 잊은 모양이었다.

간도의 총사령부 또한 이미 일본군과 청군의 동향을 파악하고 있었다. 이들은 전과 달리 실시간으로 정보를 주고받고 있었다. 전투를 멈춘 후 두 달간 각 사단 사령부와 통신망을 완성해 놓았기 때문이다.

어떤 구간은 유선으로 연결하고, 전신선 가설이 여의치 않은 구간은 무전기를 활용했다. 특히 이번에 새로 점령한 만주 서부 지역이 문제였다.

이 지역엔 7사단 병력이 마을의 점령과 마적 토벌을 위해 활동하고 있는데, 이 부대만이 이곳에 투사 가능한 공권력이었다. 그래서 이 지역은 오직 무선 통신에 의지해야 했다. 물론 후일 각 거점마다 치안대가 배치되면 전신선 보호가 가능해질 것이었다. 그래서 전신선 가설도 그때 이후로 미루고 있었다.

그러나 북부의 길림, 장춘에서 남으로 압록강 변의 안동까지 길게 배치된 서부 전선 부대들은 철도를 따라 깔려 있는 기존 일본군의 전신망을 접수해 서로 통신을 주고받고 있었다.

"지금 바로 보급 부대를 출발시키게. 혹시 모르니까 추가로."

장순택의 얼굴에는 긴장된 빛이 가득했다. 이번엔 그간 쏠쏠히 재미를 본 기습 작전을 실행할 수 없을 것이다. 대부분의 전투가 방어전이 될 가능성이 컸다. 물론 방어에 성공하고 나면 상황은 달라지겠지만.

"흠, 서부야 걱정할 게 없지만, 남쪽이 문제로군. 놈들, 3개 사단이나 보내다니."

"그것도 이미 예측하지 않았습니까?"

"그래도 놈들 형편에 정말 가능할까 싶은 의구심은 있었지."

"차라리 잘되었습니다. 이번에 일본군 병력을 잔뜩 말려놓으면 한동안 딴생각 못하지 않겠습니까?"

참모 추영철의 의견에 장순택은 쉽게 동의하지 못하는 모양이었다.

"모르지. 왜놈들이 또 어떻게 나올지. 놈들은 합병에 목숨을 걸었을 게야. 그거 이외에 살아날 방도가 없으니까. 그러니 이번에도 막히면 그다음에는 진짜 미친놈처럼 총력전을 걸어올 수도 있지 않을까? 그러긴 쉽지 않겠지만 말이야."

"결코 그러지 못할 겁니다. 러일전쟁을 수행하느라 쓴 외채가 천문학적인 규모랍니다. 항간에 1980년대에 가서야 그 외채를 모두 청산했다는 말도 있습니다. 저들은 분명 이번에도 엄청난 빚을 냈을 겁니다. 그런 상황에서 총력전은 엄두도 내지 못할 겁니다."

간도군의 두뇌답게 추영철의 분석은 명쾌했다.

"뭐, 자네 말이 맞겠지. 하여간 나이가 들어가니까 걱정만 늘어서 탈이란 말이야. 적들의 해군 전력도 걱정이고. 분명 해안가를 헤집고 다니며 뭔가 일을 벌일 텐데."

"해병대가 알아서 잘 처리할 겁니다. 무인 정찰기도 활용하고 있으니."

물론 기우에 불과하겠지만, 적이 상륙작전을 쓸 경우의 수도 대비해 놓았다. 대규모 병력의 상륙이 가능한 지점마다 해병대 대대 병력을, 나머지 지역엔 관측 초소를 배치해 두었다.

물론 주요 예상 지점엔 해안포대도 설치해 놓았다. 특히 적에게 나포한 전함이 계류된 청진항이나 동경성항(포시에트 항)은 해병대와 육군 제6사단 병력이 철통같이 지키고 있었다.

"좋아, 그럼 전투가 시작되면 보급에 각별히 신경 쓰도록! 전체적인 전략은 이미 수립해 놓았으니, 이제 나머지 야전군 사령관들이 알아서 해야겠지."

이번에 한반도의 남부 전선 사령관으로 임명된 이는 1사단장이었던 김기룡 중장이었다. 그에 따라 자연스레 1사단장은 홍순우 소장이 승계하게 되었다. 하지만 서부 전선은 추명찬 소장이 사단장과 야전 사령관을 겸임하기로 했다.

장순택은 말을 마치자 바로 황궁으로 향했다.

황제는 간도로 들어온 후, 지팡이의 저택 중 가장 큰 건물을 개조해 임시 황궁으로 쓰고 있었다. 어차피 몇 년 후, 천도할 계획이기에 황제의 양해를 얻어 그렇게 처리한 것이었다.

*　　　*　　　*

한성의 여론이 다시 들끓기 시작했다. 바로 총리대신 이완용의 명의로 발표된 포고문 때문이었다.

현 황제는 종묘사직을 버리고 야반도주하듯 간도로 떠났다.

백성을 버리고 황도도 버린 황제를 어찌 일국의 군주라 할 수 있으랴!

그간 신하 된 입장이라 현 황제의 수많은 과오를 지적할 수 없었다. 하지만 나라의 국운이 기울고 민초들의 삶이 극도로 피폐해진 작금의 현실에서 우리 신료들은 용기를 내 이 문제에 대해 묻고자 한다.

과연 이 모든 과오는 누구에게서 비롯된 것인가. 이 참담한 현실을 만든 이는 누구인가. 또 누구의 책임인가.

엄밀히 말해 무능도 죄이다. 이천만 백성을 도탄에 빠트린 군주의 무능이야말로 마땅히 처벌 받아야 할 대죄이다……(중략)……이에 군주가 도주한 이 해괴망측한 상황으로 인해 그 군주 대신 국정을 책임져야 하는 총리대신으로서 여러 대소 신료와 종친들의 의견을 모은 결과, 현 황제를 폐하기로 결정하였노라.

아울러 새 황제는 종실의 추천을 받아 금명간에 새로 옹립하게 될 것이다.


이완용은 나라를 팔아먹은 매국노임에도 버젓이 황제에게 국운이 기운 데 대한 모든 책임을 묻고 있었다.

황성신문과 대한매일신보에 게재된 기사를 본 시민들

은 여기저기 모여 이 일로 논쟁을 벌이고 있었다.

물론 시민들의 여론이 황제에게 우호적인 것만은 아니었다. 하지만 모두가 증오하는 국적 이완용이 자신의 이름을 내걸고 황제를 폐위시키겠다고 하니 여론은 폭발 지경에 이를 정도로 끓어올랐다. 여기저기서 오적을 성토하는 분위기였다.

"이 미친놈! 나라를 팔아먹은 놈이 감히 폐하를 능멸해?"

"폐하도 잘한 건 없지. 수도를 비우고 간도로 도망친 건 분명 큰 잘못이지."

"그게 왜 잘못인가? 일본과 싸우기 위해 몸을 뺀 건데. 안 그런가? 간도의 의군이 분연히 일어나 왜놈의 군대를 박살냈으니, 폐하께서 그들과 힘을 합쳐 왜놈을 몰아내기 위해 가신 거 아니겠나?"

"음, 그렇긴 하지."

"근데 다음 황제는 누가 된다고 하는가?"

"그야 모르지."

"아! 여기 보게!"

그중 한 인물이 신문 한구석을 가리키더니, 친구들에게 읽어주기 시작했다.

"차기 황제는 완순군 이재완(李載完)이 유력하다더라. 이완용을 비롯한 내각의 여러 대신들이 그와 자주 만나는 게 목격된 바 있고, 그가 다음 황위에 오를지도 모른다는 말들이 대신들 사이에서 흘러나왔다더라. 통감부와 이미 이 문제로 협의를 했다는 얘기도… 음, 그럼……."

"이재완? 그게 누구여?"

"누구긴 누구야! 왜놈 앞잡이지! 나라 팔아먹은 왜놈 앞잡이와 나라 집어삼키려는 왜놈이 짝짜꿍해서 세우는 황제가 애국자겠나? 같은 왜놈 앞잡이지."

세상 돌아가는 걸 잘 아는 식자층은 물론, 기층 민중들도 이재각의 정체에 대해 이미 훤히 꿰고 있었다.

*　　　*　　　*

친일 내각과 한국 통감부는 일사천리로 일을 처리해 나갔다. 기존 황제의 폐위를 선언한 이후, 곧바로 이재완을 새로운 황제로 내세웠다.

이재완은 예의상 세 번 거절하는 절차를 거쳤다. 그래 봐야 하루에 한 번, 도합 삼 일 만에 마음을 돌렸다. 모두가 저들의 치졸하고 유치한 행각을 비웃었지만, 이들은 거칠 것이 없었다.

하루라도 제위를 비워둘 수 없다며 결국 일주일 만에 새 황제의 즉위식을 거행했다. 물론 일본군의 삼엄한 경계 속에서 식이 치러졌다.

그에 대한 국제적인 여론은 반으로 갈려 나타났다. 그저 그러려니 하는 쪽과 타국의 황제를 제 맘대로 갈아 치웠다며 일본을 비판하는 쪽이었다. 영국과 미국은 전자였고, 프랑스와 독일, 러시아 등은 후자였다. 물론 일본 측은 이 일에 전혀 개입하지 않았다는 성명을 발표했지만, 그 발표를 믿는 이는 아무도 없었다.

특히 독일과 프랑스의 경우, 현 황제가 버젓이 살아 있고 간도로 옮겨 가 일본과 전쟁을 지휘하고 있는 사실을 적시하며, 자국 정부가 작년의 을사늑약을 불법이고 무효라고 선포해야 하는 것 아니냐는 여론도 나타나고 있었다.

러시아와 싸워 이겼다고 으스대며 온갖 추악한 방법을 동원해 한국의 국권을 침탈하는 일본의 행태가 그리 곱게 보이지 않았던 것이다. 게다가 한국군이 일본을 상대로 한 번 크게 이겼다는 소식이 전해지자 이 여론이 더욱 힘을 얻기 시작했다.

일본 입장에서는 생각지도 못한 역풍이었다. 특히 유럽의 저명한 지식인들이 이런 논설들을 계속해서 내보냈다. 그간 수면 아래에서 잠자던 여론이 황제를 교체하자 고개를 내민 것이다.

그렇다고 생각을 바꿀 일본이 아니었다. 황제 폐위에 앞장선 한국인 매국노 관료들이나 일제나 그저 앞만 보고 내달리는 수밖에 없었다. 더구나 큰 전쟁을 앞두고 있는 상황이었으니.

하세가와는 황제 교체 건을 이토에게 일임하고 군 인사들과 연일 작전회의를 열었다. 이번에 본국에서 들어온 부대는 제9사단과 12사단, 14사단이었다.

"밀정들이 알아낸 정보를 종합해 보면, 반도에 웅크리고 있는 적 병력은 총 4개 사단 규모라 하오."

"으음……."

이번에 들어온 사단장들은 이미 들어 알고 있다는 듯 고개를 끄덕였지만, 표정은 그다지 밝지 못했다.

"4개 사단이라 하나 적은 만 명씩 사단을 구성하고 있다고 하니 규모는 우리보다 작소."

이제 일본 측도 상당히 정확한 정보를 보유하게 되었

다. 겨우 4개 사단이 이 기나긴 전선을 철통같이 지킨다는 건 애초에 불가능한 일이었다. 그러니 적 밀정들은 쉽게 전선을 넘나들 수 있었고, 병영 주변을 떠돌며 많은 정보를 수집할 수 있었다.

하세가와는 가장 먼저 한국 주차군을 재편성했다. 주차군과 6사단의 잔여 병력을 합쳐 임시로 1개 사단 규모로 재조직했다. 그리고 1개 여단에게 한성의 수비, 의병의 진압과 치안 임무 등의 맡기고, 남은 1개 여단은 이번 전투에 참여하게 했다. 그래서 증원군 병력을 포함해 총 5만여가 넘는 병력이 이번 전투에 나서게 되었다.

"흠, 5만 3천 대 4만인가……."

사단장들은 병력 수를 셈해보았다.

그러나 하세가와는 굳은 표정을 풀지 않고 말을 이어갔다.

"생각 같아서는 앞으로 증원될 2개 사단이 도착하길 기다렸다 전장에 나서고 싶지만……."

하세가와 사령관은 여전히 이들을 못미더워하고 있었다.

"간도의 폭도들이 정말 그 정도로 강합니까?"

"그렇소. 만주에도 몇 개 사단 병력이 더 있을 거요.

만주 전선 쪽 일청 연합군이 폭도들을 격파한 후, 적 진영의 옆구리를 돌파해 준다면 반도의 적은 분명 군을 물릴 것이오. 그러면 우리도 후퇴하는 적을 쫓아 크게 승리할 수 있겠지. 이게 가장 좋은 시나리오요. 하지만 그런 막연한 기대감을 갖고 전략을 세울 수는 없는 노릇! 만주 전선과 이곳 반도 전선에서 적을 강하게 압박하면 적들도 힘이 분산되어 곤란을 겪을 테니. 그리고 어느 한 전선이라도 돌파에 성공하면 이번 전쟁은 우리의 승리로 끝나게 될 거요."

"네, 저도 그렇게 생각합니다."

이후 하세가와는 각 부대에게 명령을 내리기 시작했다. 먼저 6사단 소속의 1개 여단에게 대동강 전선을 맡겼다. 이들의 역할은 적이 대동강을 건너지 못하게 하는 것이었다. 적이 대동강을 건너 배후를 치면 낭패를 볼 수 있기 때문이었다. 그리고 9사단은 원주, 12사단은 평강, 14사단은 평안도 강동 쪽을 공략하기로 했다.

이는 한국군의 포진 형태에 그대로 맞대응 하는 전략이었다. 이 지역들은 바로 한국군 사단 사령부들이 있는 곳으로, 한국군은 이곳과 주요 통행로 쪽에 병력을 집중 배치했고, 나머지 지역은 소수의 경계병만 둔 상태였다.

"나와 원정군 사령부 병력은 평강 방면 부대와 함께하겠소. 내 누누이 얘기한 대로 적은 유격전과 기습전에 능하니 경계를 철저히 하며 움직이시오. 적의 포 사거리가 우리보다 길다는 사실도 항상 유념하시오. 아시겠소?"

"네, 알겠습니다."

이번에 온 사단장들은 다행히 적에 대해 어느 정도 경계심을 가지고 있어 보였다. 하세가와는 그나마 그 점이 맘에 들었다.

이들은 다음 날, 전장을 향해 출발할 예정이었다.

*     *     *

추명찬 4사단장은 함흥철 대령의 7연대 병력이 봉천에 도착하자 이 병력에게 봉천의 수비를 맡긴 후, 2개 연대 병력을 이끌고 요양으로 향했다. 청과 일본의 연합군이 해성(海城)으로 향한다는 보고를 받자 그에 대응한 움직임이었다.

요양에 주둔하고 있는 5사단 병력은 김평석 정령의 13연대와 현흥근이 지휘하는 19연대였다. 그리고 그 남쪽의 2개 연대는 러일전쟁 당시 일본군이 임시로 가설

한 철도, 즉 봉천에서 안동에 이르는 경편 철도—안봉
철도라 불리는—를 따라 주둔하고 있었다. 따라서 이 두
개 연대는 이번 전투에 참가하지 못한다.

요양을 지키던 5사단의 김인수 소장은 군을 안산(鞍
山) 근처, 남만주 철도와 사하(沙河)란 물줄기가 만나는
곳으로 남하시켰다. 이 지역 또한 러일전쟁 당시 양군이
치열하게 싸웠던 전장이었다. 한국군 서부 전선 지휘부
또한 이곳을 다시 전장으로 택한 것이다.

김인수 소장은 목표 지점에 도착하자마자 사하 북쪽의
구릉지대에 지휘부를 꾸리고 진지를 구축하게 했다. 전과
달리 참호도 깊게 파고, 유개호와 기관총 진지도 곳곳에
배치했다.

이틀도 되지 않아 4사단 병력이 도착했다.

병사들이 진지를 구축하는 사이 추명찬과 김인수, 각
연대장들은 전장을 답사하기 시작했다.

"허허, 여기에 서보니 사방이 훤하게 트인 게 아주 좋
구먼."

"그러게 말입니다. 딱 포위당하기 좋은 지점 아닙니
까? 우리 계획대로. 하하하!"

한국군이 자리 잡은 이 구릉지대는 해발 200미터가

조금 넘는, 낮은 마을 뒷동산과 같은 곳이었다. 하지만 워낙 낮은 평야 지대가 이 야산을 둘러싸고 펼쳐져 있어 지형상 이만큼 좋은 곳도 없었다. 적의 움직임을 훤히 볼 수 있기 때문이다.

문제는 적의 포격인데, 유개호 진지만 잘 구축한다면 적의 포격도 크게 걱정할 필요가 없었다. 또 한국군이 적 포병대가 정확하게 사격할 수 있는 거리까지 접근하도록 허용할 리도 없었다.

"포위해 보라고 해! 무서울 거 하나도 없으니!"

이 낮은 산지는 너른 평야 지대에 손가락 모양으로 툭 하니 서북 방향으로 돌출된 형태의 지형을 보이고 있었다. 그리고 그 배후, 즉 동남 방향은 산악 지대였다.

즉, 이곳은 만주 동부에서 뻗어 나온 험준한 산줄기들이 만주 대평원으로 들어가는 마지막 지점이었던 것이다. 그러니 삼면 포위 운운하는 것이다.

"평야 쪽은 문제없으나 배후가 문제입니다. 배후의 지형이 제법 험해 적들도 충분히 몸을 숨기거나 포를 쓸 수도 있습니다."

김인수 소장이 지적한 지역은 바로 남부와 동남부 쪽이었다. 남쪽은 강 건너 2, 3㎞ 떨어진 지점에 야산이 있어 적이 이곳에 포대를 설치할 가능성이 높았다.

또 동남부 쪽은 배후 산악 지대와 바로 연결되어 있어 적도 고지를 점유해 병력을 배치할 가능성이 높았다.

그래서 이곳에 진지를 꾸린 5사단 13연대와 19연대 병력은 심혈을 기울여 진지를 만들고 있었다. 적의 포격에 대비한 준비를 철저히 해놓고, 계곡 곳곳에 온갖 함정을 매설해 놓았다. 크레이모어 지뢰 또한 대량 보급해 주었다.

3만 대 1만. 세 배나 많은 적을 상대해야 하기에 이들은 이 구릉지대를 이용해 마치 농성전을 하는 듯한 모양새로 수비적 전술을 준비한 것이었다.

*　　　*　　　*

한성을 나온 일본군이 사단별로 나뉘어 목적지로 향하자 한국군들 또한 그에 대비한 움직임을 보였다. 지난 두 달간 주요 거점을 거의 요새처럼 만들어놓은 상황이고, 병력 배치도 매우 합리적이고 효율적으로 해놓았다.

하지만 제8사단 병력은 연대별로 상당한 거리를 두고 주요 지역에 거점을 만들어놓은 상황이라 병력을 부분적으로 이동시켜야 했다.

먼저 삼척을 지키는 33연대가 강원도 남부 전체를 담당하기로 했다. 어차피 이들의 임무는 전투가 아니었다. 적의 별동 부대가 강원도 남쪽 배후를 찌르고 들어올 가능성을 염두에 둔 포석이었다.

물론 가능성은 희박했다. 보급도 제대로 못 받을 게 뻔한데 적진과 다름없는 험준한 산악 지대 속으로 병력을 끌고 올 이유가 전혀 없었다. 하지만 다른 30, 31, 32연대는 주둔지에 소수의 경계 병력만 남겨놓은 채 원주로 이동했다.

한편, 해성에 입성한 일본군 11사단 병력과 청군은 며칠간 이곳에 머물렀다. 그간 지휘관들은 지휘 체계와 전략 문제로 연일 입씨름을 벌이고 있었다. 한국군 1개 사단 병력이 먼저 안산 북쪽 지역에 도착해 진지를 구축하고 있다는 소식이 알려진 탓이었다.

그나마 일본군은 전술이란 게 있었지만, 복양군은 그렇지 못했다. 역사 속에서 이들이 주로 구사한 전략은 정면 공격 전술일 뿐이었다. 또 무기도 부실하고 병사들의 훈련도도 낮은데다 군의 기강도 엉망이었다. 더구나 수년간 전투가 없던 탓에 실전 경험도 적었다. 실제로 조금만 전황이 불리하다 싶으면 탈영병이 속출했다고 한다.

하지만 단기서를 비롯한 북양군의 자만심은 하늘을 찌를 정도로 높았다. 이들은 말끝마다 청의 최고 정예군 운운하며 일본의 제안을 순순히 따르지 않았다. 그러면서도 온갖 핑계를 대며 위험 요소가 많은 곳을 맡고 싶지 않아 했다.

결국 화력이 우수한 일본군이 사하 건너편의 남부와 동남부 산악 지대를 맡기로 하고, 청군은 사하를 건너가 적의 서쪽과 북쪽 평야 지대에 포진하기로 했다. 그래서 먼저 일본군이 배후 공략에 성공해 적진이 혼란에 빠지면 평야 지대에서 치고 올라가기로 한 것이다.

"잘하셨습니다, 장군!"

"허허! 그런가?"

단기서는 회의 결과에 크게 만족한 듯했다. 장작림은 그의 곁에 찰싹 붙어서 자신을 계속 어필하고 있었다. 단기서 또한 유용한 정보를 계속 공급해 주는 장작림의 존재를 매우 기꺼워했다.

"하여간 전투가 시작되면 절대로 적 가까이 다가가면 안 됩니다. 적의 포가 워낙 멀리 나가기 때문에 초전에 병력을 크게 잃을 수 있습니다."

"흠, 접근하지 못하는데 어찌 싸우란 말인가?"

"싸우면 안 됩니다."

"뭐라?"

"붙어보시면 알게 될 겁니다. 절대로 정면 대결을 하면 안 됩니다. 적이 우리보다 세 배나 적은데도 저렇게 당당히 버티는 이유를 곧 아시게 될 겁니다."

"허참, 간도의 조선인 비적들이 그리도 강하단 말인가?"

"그렇습니다. 제가 듣기로 저들은 일본군을 상대로 한 번도 진 적이 없답니다. 오히려 늘 대승을 했다고 합니다. 그런 병력이 어찌 한낱 비적일 수 있겠습니까?"

"하긴."

"그저 멀리 떨어져 관망을 하다 일본군이 적의 진영을 무너뜨리면 그때 참전하셔도 늦지 않습니다."

"후후, 그도 맞는 말이지. 근본적으로 저 일본군도 우리의 적 아닌가. 저들을 위해 우리 병력을 희생할 필요가 없지. 하지만 동삼성을 반드시 조선 놈들로부터 되찾아오라는 황상의 명도 난 이행해야 하네."

"그렇습니다. 그러니 나중을 위해서라도 아군의 희생을 최소화해야 합니다."

"알겠네. 내 자네 말을 명심하지. 하여간 자네가 우리 군에 합류해 줘서 얼마나 다행인지 모른다네. 자네의 경험과 조언이 큰 도움이 되었어. 앞으로도 잘 부탁함세."

"물론입니다, 장군! 제 신명을 바쳐 보필하겠습니다."

"허허! 고맙네."

둘은 작전 회의에서 자신의 속셈을 관철했다며 희희낙락해했다. 하지만 일본군 지휘관도 바보는 아니었다. 저들의 속내를 이미 꿰뚫고 있었다.

하지만 어차피 청군의 무력이 크게 도움이 되지 않을 거 같다고 판단했기에 그저 포위망이나 잘 유지해 주길 바랐다. 그래서 마지못해 들어주는 척하며 청의 의견을 받아들였을 뿐이다.

그들은 청군의 무장 정도와 병력의 훈련도 등을 이미 훤히 파악하고 있었다.

지휘관 회의가 끝나자 장작림은 잠시 짬을 내 자신의 본거지를 둘러보았다. 두립삼 일당은 청과 일본의 대군이 몰려오자 이미 도피한 모양이었다. 저택은 이미 폐허로 변한 상태였다.

"으, 두립삼 이놈!"

장작림을 이를 갈았다. 하지만 그는 워낙 머리가 잘 돌아가는 인물이라 감정에 연연해하는 스타일이 아니었다.

"이제 동삼성은 끝났어. 그러니 우린 다른 길로 가야겠지."

"그게 무슨 말입니까?"

아들 장학량이 물었다.

"이번에 일본군이나 청군이나 필시 저 한국군에게 대패할 거다. 난 아직도 한국군과 싸울 때를 생각하면 등줄기에 오한이 일어. 차원이 다른 무력이었지. 그러니 동삼성은 결국 한국의 차지가 될 거다."

"헉! 믿기지가 않습니다."

"넌 지난번에 참전하지 않아 모르겠지. 어쩌면 이번에 잘 알게 될 거다. 어쨌든 우리 할 일은 저 단기서 장군을 무사히 후퇴시키는 일이야. 병력도 최대한 많이 보존해서. 그러면 단기서 장군은 분명 우리에게 기회를 줄 거다. 절대 잊지 말거라. 우리한테 남은 유일한 동아줄은 그분이란 걸. 또 동삼성엔 이제 우리 자리가 없다는 것도. 분하고 슬픈 일이긴 하지만."

"흠, 네, 알겠습니다."

다 죽어가던 장작림의 눈빛에 이제 조금씩 생기가 돌아왔다.

드디어 청일 연합군이 움직이기 시작했다. 해성에서
이들이 상당 기간 미적거리는 바람에 요양의 간도군 진지
는 더욱 단단해졌다. 아울러 군의 정보 체계 또한 어느
때보다 활발히 가동되고 있었다.

송골매 2도 2대나 지원 받았고, 적진 근처에 특전사
대원들이 매복해 들어가 적정을 살피고 실시간으로 정보
를 전달해 주고 있었다. 고립된 채로 꽤 오래 전투할 경
우를 가정해 보급품도 충분히 받아놓은 상태였다. 워낙
중요한 전투였기에 한국군 사령부가 각별히 신경 써준 것
이었다.

청일 연합군은 대단히 신중하게 움직였다. 이들은 안
산에 이르자 이곳에 통합 사령부를 두고 병력들을 배치하
기 시작했다.

청군은 밤을 틈타 사하를 건넌 후, 사하진(沙河鎭)을 기
점으로 한국군 진영의 서쪽과 북쪽 평야 지대 및 동북 방
향으로 넓게 포진하기 시작했다. 한국군 진지와 대략 5㎞
정도 거리를 두고 병력들을 점점이 배치했다.

일본군은 강 건너 남쪽과 동쪽의 낮은 구릉지대를 따라 병력들을 풀어놓았다. 물론 한국군 동남쪽의 배후, 산악 지대에도 1개 연대와 포병 대대를 배치했다.

이들의 동태를 모두 읽고 있던 한국군 진영은 모든 병력에게 유개호에서 대기 상태에 있으라 명령했다. 무인정찰기가 전달해 주는 정보만으로도 적의 포진을 한눈에 다 알 수 있지만, 그래도 뭔가 성이 안 차는 모양인지 추명찬은 참모들을 이끌고 고지 정상에서 주변을 둘러보고 있었다.

"청나라 놈들이 5㎞ 떨어진 곳에 병력을 배치한 걸 보니 당분간 관망하겠다 생각한 모양인데… 후후, 좀 치사하지만 그래도 좋은 생각이야."

"하하, 그렇습니다."

"일본군이 문제군. 놈들이 구릉지대를 이용해 바짝 붙었어. 초반 포격에 잘 대비해야겠어."

일본군 포병대는 아리사카식 75㎜ 속사포(최대사거리 4.8㎞)와 아리사카식 산악포(최대사거리 4.3㎞)로 무장하고 있었다. 저들은 한국군 진지를 이미 최대사거리 내에 두고 있었다.

이 모두가 지형이 베풀어준 혜택 때문에 가능했다. 덕

분에 사하를 경계로 해서 한국군 쪽의 구릉지대와 나란히 형성되어 있는 건너편 야산을 방패막이 삼아 병력과 포병대를 배치할 수 있었다.

또한 일부 병력은 동쪽으로 우회해 사하를 건넌 후, 한국군 배후의 산악 지대에 바짝 붙어 포진했다. 사령부가 있는 안산 쪽에도 포병이 배치되었고, 이들도 근교 야산에 숨어 한국군의 포격에 대비하고 있었다.

이렇게 세 지점에 1개 연대씩 배치하고, 1개 연대는 사령부 배후에서 예비대로 대기하고 있었다.

"쩝, 결국 우린 적에게 완전히 포위된 형국이 되었군."

적에게 사면이 포위당한 지휘관의 표정치고 추명찬의 안색은 그리 어둡지 않았다.

"하하, 지금 놈들은 자신의 화력을 단단히 믿고 있을 겁니다. 36문의 포에 기관총까지 있으니 말입니다."

부관이 말한 대로 일본군 1개 사단이 평균적으로 보유하고 있는 포는 36문이었다.

"후후, 그렇게 따지면 우린 연대마다 거의 50문의 포를 갖고 있지 않은가. 기관총은 수십 배에 달하고."

현재도 꾸준히 박격포를 생산하고 있지만, 아직 소량인지라 초기에 비해 단위 부대별 보급량이 현저히 줄어 있었다. 그래서 중대 단위의 화기 소대에서 운용하던 박격포가 대대 단위로 운용하는 형태로 바뀐 지 오래되었다. 즉, 대대 본부 직속으로 박격포 소대를 둔 것이다.

비록 박격포라 해도 2020년대에 쓰던 것이었다. 사거리나 포탄의 살상력에서 이 시대 일본군의 야포나 산포 따위에 비교할 수조차 없었다.

"자, 내려가세. 우리도 지휘부에서 대기해야 하지 않겠나."

"네, 알겠습니다."

"후후, 오늘은 아주 긴 밤이 되겠군."

지휘 참호로 들어가는 추명찬의 어깨에 황금빛 가을 노을이 길게 걸려 있었다.

제8장

요양 전투

어둑어둑 땅거미가 내려앉기 시작하더니, 어느새 사위가 칠흑같이 어두워졌다.

야간 전투를 대비해 저녁을 푸짐하게 먹은 탓인지 어느새 막사 안의 병사들은 하나둘 졸기 시작했다. 그리고 바로 그때였다.

연대 지휘부 참호 안의 무전기가 요란하게 울리며 무전병의 졸음을 깨웠다.

"네! 네! 알겠습니다."

무전병은 곧바로 무전 내용을 13연대장 김평석 정령에게 보고했다. 13연대는 현재 동남쪽의 배후 산악 지대를 담당하고 있었다.

"후후, 야습이라고? 어쩐지 포탄 한 발 안 쏘더라니. 일선 부대에 모두 전해라! 놈들이 밤을 틈타 기어 올라온단다. 모두 담당 구역에서 대기하라고 해!"

일본군이나 청군이나 이미 간도군에게 참혹하게 당한 경험을 공유하고 있었다. 지금 저들이 보유하고 있는 포로 한국군 진영에 포탄을 떨어트리는 건 가능하지만, 이미 단단한 진지에 들어가 있는 걸 확인한 이상 포탄을 낭비할 필요가 없다는 것도 알았다.

그래서 러일전쟁 때 가끔 사용해 효과를 본 적이 있는 야습을 첫날 기습적으로 써먹기로 한 모양이다.

하지만 한국군은 야간 관측 장비를 갖춘 군대였다. 송골매 2도 그렇거니와, 각 중대에 한두 대씩 야간 투시경이 보급되어 있었다.

일본군은 동산 밑의 주둔지를 나와 능선을 넘더니, 살금살금 구릉을 기어오르기 시작했다. 최대 높이가 겨우 해발 200미터 조금 넘는 곳이라 그리 가파르지도 않았다.

일본군 연대장은 모든 것이 순조롭다 판단했을 것이다. 각 부대 병력들은 약속된 지점에 도착하자 모두 전진을 멈추고 숨을 죽이며 산기슭에 웅크렸다.

11월 초의 날씨라 밤공기가 무척이나 서늘하고, 사방은 온통 정적 속에 잠겨 있었다.

쿵! 쿠쿵! 꽝! 꽝!

갑자기 남쪽 하늘에서 섬광이 피어오르더니 포탄들이 연이어 한국군 진영 쪽으로 날아오기 시작했다. 포탄은 한국군 진영의 남쪽과 남동쪽 전선에 집중되었다.

"이크, 놈들이 시작했군. 다들 잘 숨어 있겠지?"

적의 포격이 시작되었지만, 김평석 연대장의 표정은 담담했다. 요란한 포격에도 아랑곳하지 않고 계속해서 적의 동향이나 아군 상황에 대한 무전이 지휘 참호로 들어오고 있었다.

얼마 지나지 않아 적 포대의 위치가 낮과 변함이 없다는 무전도 들어왔다. 그리고 곧이어 야전 사령부의 무전도 들어왔다.

— 각 연대들은 동요하지 말고 현 위치를 고수하도록.

김평석은 전황 정보에 귀를 기울이면서도 부관에게 말을 걸었다.

"그런데 확실히 재들, 제대로 쏘는 건가? 어째 포탄 터지는 소리가 멀게 들리냐?"

일본군은 거의 최대사거리에 달하는 지점에서 포를 발사하고 있었다. 그러니 명중탄은 아예 기대하기도 힘들었고, 포탄들은 그저 산록 여기저기를 산만하게 때리고 있었다. 더구나 몇 문 되지 않고, 발사 속도가 느리다 보니 포탄 터지는 소리도 드문드문 들려왔다.

"저러다 지들 병사 잡는 거 아냐?"

"그러게 말입니다."

"참나, 하다하다 남의 병사 걱정까지 하게 되다니. 내 머리가 이상해진 게야."

"그렇습니까? 하하하!"

김평석은 적 보병의 대기 지점을 이미 파악하고 있었다.

잠시 후, 포격이 멎자 동산 기슭에 웅크리고 있던 일본군이 몸을 일으키더니 다시 전진하기 시작했다. 처음에 살금살금 걷던 적들은 어느 지점에 이르자 갑자기 빠른 속도로 뛰어 올라오기 시작했다. 돌격 명령이 내려진 모양이었다.

"놀고 있네. 여기가 어디라고!"

참호에 난 구멍을 통해 야간 투시경으로 적의 움직임을 살피던 김평석은 곧바로 명령을 내렸다.

"각 부대, 공격 개시!"

그의 명령이 떨어지자 기슭에 설치된 온갖 함정들이 발동되기 시작했다. 크레이모어가 엄청난 폭음과 후폭풍을 동반하며 죽음의 구슬을 전방을 향해 토해냈다.

이어 병사들은 참호의 덮개를 벗겨내더니 수류탄을 던졌다. 아울러 박격포들 또한 적 포대를 향해 포탄을 발사하기 시작했다.

박격포는 적진에서 활동 중인 특전사 대원들의 정보를 받아 미리 조준해 놓은 상태였다. 거리도 멀고, 전혀 보이지 않는 곳을 향해 쏘는 거라 초탄에 큰 기대는 하지 않았다.

하지만 적진을 관측하던 특전사 대원들이 수정된 좌표를 불러주자 이내 상황이 달라지기 시작했다. 아울러 일부 박격포들은 일본군 연대의 지휘부를 향해 포탄을 날렸다.

꽈꽝! 꽝! 꽝! 꽝!

엄청난 폭음이 이 작은 산기슭을 연달아 뒤흔들었다. 이미 주변은 대낮처럼 밝아져 있었다. 늦가을이라 마른 초목이 널려 있어 곳곳에 불이 붙었다.

일본군은 완전히 노출된 채로 무자비한 공격을 그대로

받아내야 했다. 그나마 뒷줄에 있던 병력들은 앞줄이 희생해 준 덕분에 그나마 목숨을 부지할 수 있었다.

연신 들려오는 폭음과 병사들의 비명 소리. 아직 목숨이 붙어 있는 일본군 병사들은 그저 이 죽음의 폭풍이 지나가길 빌며 납작 엎드려 있었다.

하지만 기다린다고 해서 상황이 개선되는 것은 아니었다.

투다다다다! 타탕!

중대마다 몇 정씩 배치되어 있는 K—3 경기관총이 불을 뿜어 대고 소총도 공격에 가세했다. 높은 위치에서 적을 내려다보며 공격하는 상황이라 이들의 공격은 더욱 위력적이었다.

일본군은 이미 전의를 잃어버렸다. 벌써 꽤 큰 피해를 입은 상태에서 적진은 아직도 멀었다. 이런 상황에서는 아무리 위대한 황군 운운하는 꽉 막힌 사고방식을 갖고 있는 장교라도 무조건 후퇴를 명하는 수밖에 없을 것이다.

역시나 일본군은 바로 후퇴하기 시작했다. 물론 그 와중에도 수많은 병력이 죽어 나갔다. 벌써 반절의 병력을 잃은 일본군은 고개를 넘고 나서야 후퇴를 멈추었다.

서전에서 대패한 일본군. 이번 일본군의 공격은 동남쪽 전선에서만 실시됐다. 혹시나 야습이 성공해 적진을 뚫게 되면 남쪽의 중앙 전선에서 대기하던 병력도 바로 전면의 적을 치고 올라갈 계획이었다.

하지만 오늘 일본군의 작전은 아무런 성과도 없이 엄청난 피해만을 입은 끝에 종결되었다.

*         *         *

호기롭게 전선으로 투입된 일본군 병력들. 하지만 처음의 기세와 달리 전투는 지리멸렬한 양상을 띠어갔다. 문제는 아직 한 번도 한국군 진영 가까이 다가가 보지 못했다는 것이다.

늘 하던 대로 포격과 함께 부대를 전진시켰지만, 한국군의 엄청난 포격에 당해 이내 병력을 물려야 했다. 결국 몇 번의 시도 끝에 일본군 사단들은 정면 공격이 아무런 효과도 없고, 피해만 가중시킨다는 것을 깨닫게 되었다.

한반도 전선 곳곳에서 그와 같은 일이 벌어졌다. 결국 일본군의 초기 전략은 한국군을 돕는 것과 다름없었다.

한국군 제2사단은 평양 동쪽, 대동강과 남강—대동강

의 지류—이 합류하는 지점에서부터 황해도 곡산 부근까지 평안도 동쪽 전선의 방어를 담당하는 부대였다. 그런 까닭에 2사단이 담당하고 있는 전선은 남강과 나란히 형성되어 있었다.

무려 50㎞가 넘는 전선이다. 이를 1개 사단이 담당해야 했다. 그래서 사단 사령부는 2개 연대에 적의 주력을 맡겼고, 나머지 2개 연대에게는 구역을 나눠 전선에서 일정 거리를 두고 대기하고 있다 적이 움직이면 즉시 대응하게 했다.

일본군 14사단은 처음 강동군 남부 평야 지대를 공략했다. 남강 하류 지역만이 평야 지대일 뿐이고, 그 동쪽은 험준한 산악 지대였다. 그래서 일본군은 그쪽을 목표로 삼은 것이다.

물론 한국군 2사단 주력이 이곳에 배치돼 있다는 점도 한몫했다.

그럼에도 일본군은 아직 한 번도 남강 도강에 성공하지 못했다. 강동군 승호리 옆에 자리한 260고지가 문제였다. 한국군은 이 고지에 1개 연대 병력을 배치해 일본군이 접근하기만 하면 맹렬히 포격을 퍼부었다.

또 다른 1개 연대 병력은 고지 배후에 있다가 일본군

이 남강을 건너는 데 성공하면 바로 투입돼 상대할 예정
이었다.

하지만 아직 그럴 일은 없었다. 1개 연대 병력이 퍼붓
는 포격은 일본군 1개 사단의 포격보다 더 강한 위력이
있었다. 사거리와 정확성, 연사 속도에서 상대가 안 되었
다.

일본군은 계속해서 피해만 누적되고 성과가 아예 없자
전략을 바꾸었다. 부대를 나눠 다른 곳을 찔러볼 생각을
한 것이다.


＊          ＊          ＊


서쪽에서 이미 일본군과 교전에 들어갔다는 소식이 전
해진 지도 벌써 사흘이 지났건만, 16연대는 곡산 부근에
서 전투 대기 상태로 시간을 보내고 있었다.

제16연대장 홍범도 정령은 지금의 상황이 매우 못마땅
했다.

"에휴, 우리 부대가 강동을 맡아야 했는데……."

"앞으로 싸울 일 많을 겁니다. 몇 년을 더 싸워야 할지
모르는데, 벌써부터 조바심을 내십니까?"

그를 보좌하고 있는 김종선 참령이 웃으며 말을 받았다.

"허허, 그런가. 그나저나 걱정이군. 벌써 1년 넘게 전투에 계속 참여한 병사들도 꽤 많을 텐데, 몇 년을 더 어떻게 버틸지."

"빨리 예비대가 만들어져야 하지 말입니다."

"사령부도 이 문제로 고민이 큰 모양일세. 그래서 나온 의견이 각 사단에 1개 연대씩을 더 배치해 교대로 휴식을 주는 방안도 고려한다던데……."

"그 정도로는 택도 없습니다. 전선에 있는 부대 후방에 예비 사단을 하나씩 더 배치해 교대로 전장에 투입해야 합니다."

"그게 어디 쉬운가. 장비도 모자라지. 돈도 없지. 병력 자원도 얼마 남지 않았을걸?"

"에혀, 그러게 말입니다. 앞으로 몇 년간 죽었다고 복창해야 하지 말입니다."

김종선은 아직도 사병 때의 말투를 쓰고 있었다.

홍범도는 오히려 그런 김종선을 좋아했다, 친근하고 동생 같다며.

"자네, 이번에 짬이 나면 꼭 화룡에서 장가들고 돌아

오게."

"에? 왜 뜬금없이⋯⋯."

"하하, 여자를 너무 기다리게 하면 안 되네. 알았나?"

"네⋯⋯."

김종선의 얼굴이 빨개졌다. 벌써 결혼 생각에 마음이 설레나 보다.

"연대장님, 사단에서 연락이 왔습니다. 적 1개 연대 병력이 본진에서 떨어져 나와 동쪽으로 이동 중이랍니다."

"오, 그래? 어디쯤 와 있대?"

"6연대 담당 구역에 들어왔답니다. 남강 남쪽 산길로 우회해서 접근하다가 지금은 진군을 멈추고 대기 상태에 있답니다."

"오호, 대기 상태? 놈들이 주전장에서 막히니까 우회 기동 전술을 택한 모양이군."

"아마 그럴 겁니다. 그리고 6연대 병력의 존재를 확인하게 되자 고민하고 있을 겁니다."

김종선의 분석에 홍범도는 회심의 미소를 지었다.

"쩝, 그렇다면 우리가 놈들의 옆구리를 찔러야 하지 않나? 그것도 밤에?"

"저… 연대장님, 안 그래도 사단 사령부에서 그렇게 명령을… 1개 대대만 남기고 출진하라고. 6연대와 협공하랍니다."

"그래? 하하하, 역시 사단 사령부가 참 일들을 잘해요."

홍범도는 파안대소하더니 김종선을 힐끗 바라보았다.

"갈까?"

"넵!"

홍범도 연대는 얼마 지나지 않아 곡산 진지를 빠져나왔다.

본진에서 떨어져 나온 일본군은 곡산과 강동의 중간 지점에 있었다. 밤이 되자 홍범도 연대는 6연대와 협력해 조심스레 일본군 진지를 포위했다.


일본군은 동해와 서해에 각기 1개 함대를 투입했다. 실종된 전함들의 수색과 위력 시위가 목적이다 보니 상륙 병력을 태우지 않았다. 또 그럴 여력도 없었다.

서해에 파견된 함대가 제물포항을 빠져나왔다.

또한 제물포에서 영국의 전함 한 척도 합류해 같이 기동하고 있었다. 간도군에 대한 정보 수집과 동맹국에 성의를 보이는 차원에서 동행한 것이다.

북상해 온 일본 함대는 일단 남포 앞바다로 접근했다. 이들의 행보는 무척이나 조심스러웠다.

그들은 그렇게 꾸준히 해안 쪽을 확인하며 한국군 주둔 부대의 흔적을 살폈다. 하지만 아무것도 발견하지 못하자 조금 더 대동강 쪽으로 접근, 남포 쪽에 가깝게 붙어 적정을 살피려 했다.

해안가가 저들의 함포 사거리 내로 들어오기도 전에 남포 쪽에서 먼저 움직임이 있었다.

남포를 수비하던 해병대 병력들이 순식간에 위장을 치우고 해안포를 발사하기 시작한 것이다. 처음 몇 발은 조준이 잘못된 모양인지 바다로 떨어졌지만, 이후 한 발이 함선의 선미에 명중했다.

그 이후로 명중탄이 연달아 나오기 시작했다. 그로 인해 두 척의 전함에서 화재가 일어났고, 갑판의 수병들이 큰 피해를 입었다.

일본 해군 함대는 즉시 대응 사격을 했지만, 포탄은 해안에 닿지 못하고 바다에 떨어졌다. 그사이 또 한 척이 당하자 일본 함대는 급하게 후퇴하기 시작했다. 도합 세 척이나 큰 피해를 입어 당장 해군 기지나 제물포로 돌아가야 할 처지가 된 것이다.

결국 서해에 파견된 일본함대의 위력시위는 이처럼 싱겁게 끝나고 말았다.

동해도 마찬가지였다. 일본 해군은 청진항과 동경성항에서 똑같은 형태의 공격을 받고 모항으로 되돌아갔다. 결국 일본 해군은 실종된 군함을 찾는 건 고사하고 이미 지만 구긴 셈이 되었다.

*       *       *

남강과 대동강 물줄기를 경계로 대치하고 있는 강동군 전선과 달리 평강과 원주는 고지전 형태의 전투를 이어 나갔다.

한국군은 이미 고지대를 선점해 단단한 방어 체계를 구축해 놓은 상황이었다. 그러니 일본군은 서전에서 참패를 면치 못했다.

그런 이유로 일본군은 한두 개의 연대 병력을 빼서 전장을 우회하게 한 후, 한국군의 배후를 노리는 전략을 구사했다. 하지만 이 전략도 아무런 실효를 거두지 못했다.

한국군은 일본군의 움직임을 귀신같이 알아차리고 그

에 대응했다.

평강과 원주의 1사단과 8사단 또한 워낙 긴 전선을 수비해야 해서 예비대를 운용하고 있었다. 이미 주요 길목에 중대 규모의 수비 병력도 배치해 놓은데다 적의 움직임이 포착되면 예비대 또한 바로 대응해 떨어져 나온 적을 상대했다.

이는 일본군 입장에서 미치고 팔짝 뛸 노릇이었다. 정면의 전선은 너무도 단단해 아예 제대로 붙어볼 생각도 하지 못했다. 포병 전력도 워낙 차이가 나서 적진에 접근하는 것조차 어려운 상황이다.

그래서 우회기동 전략을 내놓았는데 상대는 이를 사전에 알고 바로 기민하게 대응을 했다. 심지어 야습을 해도 귀신같이 움직임을 읽어내고 바로 작전을 무력화시켰다.

"후우, 도대체 놈들은 무슨 수로 우리 움직임을 사전에 알아내는 건지……."

"그러게 말입니다. 확실히 적의 정보망이 우리보다 뛰어난 모양입니다. 아마도 수많은 첩자들이 우리 부대를 감시하고 있을 겁니다."

하세가와는 오만상을 찌푸리며 작전 회의를 주재하고 있었다. 한성에서 보고로만 접한 간도군의 실체를 야전에서 직접 마주하자 적에 대한 두려움도 더욱 커져 갔다.

"무기도 우리보다 낫지. 통신망도 그렇고. 그런데 우린 그저 병력 수에서 근소하게 우위를 보이고 있다? 후, 이 전쟁… 쉽지 않겠어."

그때, 참모 한 명이 심각한 표정으로 서류를 들고 왔다.

"사령관님, 강동군 전선에서 우회 기동하던 1개 연대 병력이 전멸당했다고 합니다."

"뭐라! 자세히 얘기해 보라."

"남강 하류에서 진군이 저지되자 14사단의 우익을 맡은 연대에게 우회기동을 지시한 모양입니다. 그런데 적이 미리 알고 예비대를 동원해 밤에 기습공격을……."

홍범도 연대와 6연대의 기습 작전이 성공한 모양이다.

"후, 어떻게 된 게 똑같은 보고만 들어오는군."

하세가와는 한숨을 쉬더니 대응책을 내놓았다.

"그렇다면 우리 군을 전멸시킨 그 예비대가 14사단의 배후를 노릴 수도 있을 터. 그러니 이에 대비하라 전하게."

"예, 알겠습니다!"

"문제야, 문제. 우리 움직임은 모두 노출되고, 적의 움직임은 포착할 수가 없고. 그렇다고 고지대에서 단단히 방어 태세를 취하고 있는 적과 정면대결을 할 수도 없고……."

하세가와의 얼굴이 자연스레 허공을 향했다.

\*            \*            \*

요양의 상황도 크게 다르지 않았다. 동남쪽 산악 지대의 전투에서 수많은 사상자를 낸 일본군은 결국 후방에서 대기 중이던 예비대를 급히 투입해 뚫린 포위망을 메워야 했다.

또한 관동주에 남아 있던 철도 수비대 일부 병력도 불러 올려 예비대 역할을 맡겼다.

이후 일본군은 청군의 단기서에게 전령을 보내 동시에 공격하자고 제안했지만, 일언지하에 거절당했다.

적에 비해 화력이 현저하게 떨어져 희생만 키울 뿐이라며, 대신 포위망은 철통같이 지켜주겠다는 답변만 들어야 했다.

그에 다급해진 일본군은 남쪽과 동남쪽 모든 전선에서 다시 야간 기습 작전을 감행했다.

이번에는 최대한 정숙을 유지한 채 한국군 진지에 접근하기로 했다. 그간 아군의 포격이 아무런 효과를 보지 못한 걸 알기에 포병의 지원도 포기했다. 게다가 아군의 공격 사실만 적에게 알려줄 뿐이었다. 그렇게 조용히, 아주 조용히 적의 턱밑까지 접근한 다음, 불시에 돌격 공격을 감행할 생각이었다.

하지만 한국군은 이미 알고 있었다는 듯이 일본군이 접근하길 기다리다가 갑자기 막대한 양의 화력을 쏟아부었다. 결국 일본군은 황급히 사하를 건너 본진으로 후퇴했는데, 이날의 전투로 또다시 엄청난 사상자가 나왔다. 특히 이번엔 사하 쪽의 주 전력이 크게 당했다.

그렇게 몇 번의 전투로 일본군의 전력은 현저하게 감소되었다. 물론 포위망도 점차 엷어졌다.

적의 허실을 파악한 추명찬 사령관은 다른 전략을 꺼내 들었다. 2개 연대에게 진지의 방어를 맡기고 2개 연대에게 적진을 기습하라는 명령을 내렸다.

공격을 맡은 부대는 4사단 12연대와 5사단 13연대였다.

서정인 정령이 지휘하는 12연대 병력은 멀찍이 떨어져 전투에 관여하지 않고 있는 청군이 목표였고, 김평석 정령의 13연대는 동남쪽 산악 지대에 포진한 일본군이 그 대상이었다.

밤이 되자 특전사 대원들이 먼저 작전에 돌입했다. 특전사 대원들은 적 경계병과 전초들을 하나하나 제거해 야습이 효과적으로 먹히도록 포석을 깔아놓았다.

특전사 대원들의 사전작업이 끝나자 그 뒤를 따르던 12연대 병력이 나섰다. 이들은 봉천 방향의 철도 노선 근처에 배치되어 있던 청군 부대를 가차 없이 공격하기 시작했다.

박격포와 기관총 등이 거의 동시에 청군 막사들을 때렸다. 경계를 서던 병사들이나 막사에서 잠을 청하던 이들 모두 예외 없이 막강한 화력의 먹이가 되었다.

그럼에도 청군은 전혀 대응을 하지 못했다. 그저 뒤로 도망치는 게 유일한 선택인 양 행동했다.

서정인 연대장은 적이 어느 정도 피해를 입었다 판단하자 곧바로 병력을 되돌렸다.

하지만 김평석 정령의 13연대는 조금 다른 양상으로 전투를 치렀다. 특전사 대원들이 적 전초들을 처리하는 사이, 병력들을 중대 단위로 편성해 광범위하게 포위망을 완성했다.

그리고 북쪽의 12연대와 똑같은 시간에 공격을 시작했다.

야간 기습에 당한 일본군은 금세 지리멸렬해졌다. 일단 첫 포격에 크게 피해를 입은데다 사방에서 기관총탄과 유탄 등이 날아오자 일본군은 좀처럼 병력을 추스를 수가 없었다.

일본군은 나름 구릉지대에 주둔지를 만들었지만, 한국군은 그보다 높은 고지를 선점해 그곳에서 공격을 퍼부었다. 결국 한 시간여의 교전 끝에 일본군 연대장의 항복을 받아냈다. 일본군은 이미 소수의 병력만 생존한 상태였다.

김평석은 일부 부상자와 포로들을 한국군 진영으로 보낸 후, 그대로 일본군 진지에 머물며 휴식을 명령했다.

＊　　　　　＊　　　　　＊

전투가 시작된 지 벌써 보름이 지났건만, 일본군은 크고 작은 전투에서 한 번도 이기지 못했다. 그나마 다행인 건 한국군이 일본군의 공세를 막기만 할 뿐, 대대적인 역공에 나서지 않아 피해가 크지 않다는 점이었다.

그럼에도 일본군 사단들은 가랑비에 옷이 젖듯 피해가 누적되고 있었다.

이후, 전쟁의 양상이 조금 변했다.

일본군이 중대 규모로 별동대를 편성해 이곳저곳 찔러보는 전략을 취하기 시작한 것이다. 하지만 일본군의 이 전략은 오히려 역효과를 낳았다.

상대의 동태를 샅샅이 파악하고 있는 한국군이었다. 이들은 일본군처럼 중대 규모의 대응군을 편성한 후, 적이 지나는 골목마다 효과적인 매복 전술을 펴서 적 별동대를 거의 대부분 전멸시키거나 포로로 잡았다.

같은 중대 규모라도 기관총의 숫자 등에서 한국군의 화력이 훨씬 우세한데다 길목에 매복해서 공격하니, 일본군은 속수무책으로 당할 수밖에 없었다.

그리고 드디어 평안도 강동 전선의 홍범도 연대는 사단 사령부로부터 적의 배후를 치라는 명령을 받게 되었다.

홍범도는 부하들을 인솔해 멀찌감치 돌았다. 주변 지형에 익숙한 한국군은 산을 타는 일도 능숙하게 해냈다. 적 밀정이나 정찰병을 피하기 위해 밤에만 이동했다.

특히 적 진영에 접근하는 마지막 루트는 아예 계곡 길

도 피하고 산 능선을 탔다. 험한 곳만 골라서 산을 넘은 것이다.

이윽고 적 진영에서 새어 나오는 불빛이 보이는 지점까지 도착하자 홍범도는 병사들에게 잠시 휴식을 취하라 지시했다.

병사들의 체력이 회복되었다 느끼자 그는 다시 조심스레 공격 가능 지점까지 부대원들을 이동시켰다.

홍범도는 야간 투시경으로 일본군 진영을 천천히, 신중하게 살펴보았다.

"음, 이 정도 거리면 포탄이 닿을라나?"

"가능할 겁니다. 하지만 거리가 먼 편이니 정확도를 포기하고 물량으로 승부하는 게 좋지 않겠습니까?"

참모 김종선이 의견을 제시했다.

"물량 공세? 음, 하기야 적을 치고 바로 빠질 거니까 보급을 걱정할 필요는 없겠지."

"그렇습니다."

"좋아, 그럼 포격은 여기서 하고, 나머지 보병들은 조금 더 앞으로 전진시키자고."

"넵!"

일본군이 주로 구사하던 전술, 즉 편익 기동 전술이라

해서 주 전력이 정면의 적을 견제하는 사이 좌우익 군이 우회기동을 해 적진의 측면과 후방을 노리는 전술을 이번에 역으로 한국군이 사용하고 있었다.

이 강력한 펀치를 담당한 게 바로 홍범도 부대였다. 이미 우익 전력을 전멸시킨 터라 적의 측면이 약해져 있는 틈을 노린 것이다.

때가 되었다 판단이 들자 홍범도는 바로 공격 명령을 내렸다. 그러자 고지에 배치된 박격포들이 일제히 적진에 포탄을 퍼붓기 시작했다. 이번에 들고 온 포탄을 모두 한 번에 소진시킬 작정인 듯 엄청난 연사 속도를 보여주었다.

꽝! 꽈광! 꽝! 꽝!

일본군 진영은 순식간에 불바다로 변했다. 본진의 우측을 지키던 후비 보병대—우회기동에 나섰던 연대 병력이 전멸한 후 긴급하게 배치된—진영은 완전히 혼란 상태에 빠졌다.

그토록 엄중히 대비했건만, 적의 기습을 포착해야 할 전초대가 한국군 특전사 대원에게 쥐도 새도 모르게 제거되는 바람에 무방비로 당하고 말았다.

포격이 큰 성과를 거두었다는 판단이 서자 홍범도는

포격을 멈추고, 앞 선에서 대기하던 각 대대들에게 공격하라 명령했다.

적진 앞에서 대기하던 보병 중 일부 병력은 기관총의 엄호 속에 적진으로 다가가 적진 외곽에 조성된 방어 진지를 순식간에 무너뜨렸다.

방어 진지가 무너지자 홍범도 연대의 전 병력들이 적진으로 쏟아져 들어갔다. 이들은 적진 내에서 자리를 잡고 기관총탄과 유탄, 소총탄을 마구잡이로 쏟아내기 시작했다.

그에 혼란이 극에 달한 일본군 병력들은 반격할 생각은 꿈도 못 꾼 채 미친 듯이 내달려 진지를 빠져나갔다.

홍범도 연대 병력들은 계속 대열을 유지한 채 전진하며 전과를 더욱 키워갔다.

"그만! 각 대대는 속히 전장을 정리한 후 진지를 나가기로 한다."

홍범도의 눈이 불타고 있었다. 생각 같아서는 본진까지 쫓아가 적을 박살 내고 싶지만, 이는 명령을 어기는 행위였다.

병사들은 보급품 창고나 탄약고 등을 뒤져 쓸 만한 물건을 챙긴 후 적진 곳곳에 불을 질렀다. 바닥에 널려 있는 적의 무기도 살뜰하게 챙겼다.

"참나, 아, 그냥 불 지르고 가면 되지, 뭘 그렇게 챙기신다고……."

이때쯤이면 어김없이 김종선의 툴툴거림이 뒤따랐다.

"허허, 왜놈들은 버릴 게 하나도 없는 사냥감이여. 시체 빼고."

홍범도 특유의 사후 보급품 챙기기는 여기서도 어김없이 재현되었다.

제9장

임시 헌법

벌써 10월도 지나고, 11월의 초입에 이르자 간도의 날씨는 벌써 겨울 날씨에 가까울 정도로 추워졌다. 하지만 임시 황궁의 분위기는 뜨겁게 달아오르고 있었다.

황제는 보고서를 읽다가 손을 부들부들 떨더니 탁자를 거세게 내려쳤다.

"이노옴! 재완이 이놈! 하늘이 두렵지도 않더냐!"

뒤늦게 일제가 자신의 사촌 동생을 새 황제로 내세운 사실을 알게 된 황제는 엄청나게 분노했다.

어떻게 종친이 왜놈의 앞잡이가 되어 왜놈의 뜻대로 움직인단 말인가!

그러나 실제 역사는 그렇게 흘러갔다. 수많은 종친들이 변절해 일제와 협력하며 일신의 영달을 꾀했다.

"가서 태진훈 참정대신과 장순택 군부대신, 고민우 국장, 정재관 제국익문사 독리, 이상설 주지사… 모두 불러 오라!"

잠시 후, 이들 모두가 임시 황궁에 모였다.

"짐이 한마디만 묻겠소. 만고의 역적 재완이 놈과 이 일을 꾸민 왜놈들, 그에 동조한 매국노 신료 놈들을 언제쯤 잡아 죽일 수 있겠소?"

"폐하……."

"한 나라에 황제가 둘이 되었도다. 그럼 나라가 둘로 나뉜 셈 아닌가! 어허, 어찌 이런 일이……."

"폐하, 아뢰옵기 송구하오나 신들은 이미 이 사태를 예견하고 있었나이다."

태진훈이 먼저 조심스럽게 입을 열었다.

"물론 짐도 그러했소. 하나 막상 일이 벌어지니 노기를 다스리기가 그리 쉽지 않구려. 고 국장, 저 가짜 황제를 서양 제국이 인정할 것 같나?"

"반반이라 생각하옵니다. 영국과 미국은 본래 일본과 한통속이니 분명 즉각 인정했을 겁니다. 하오나 독일과 러시아, 프랑스는 당장 그리하지는 않을 겁니다."

고민우의 말대로 남쪽의 괴뢰 황제를 인정하면 간도 세력은 반란군이 된다. 그런 이유로 미국과 영국은 간도 세력을 반군으로 대할 것이다.

하지만 그렇지 않은 쪽은 이를 외교상의 호재로 삼아 짐짓 방관하는 태도를 취하며 주판알을 튕기게 되리라.

"그러면 앞으로 어찌해야 하겠소?"

"어차피 서양과 다시 외교 활동을 시작한 바, 보다 더 외교에 신경 써야 할 것이옵니다."

이상설의 답변에 황제는 천천히 고개를 끄덕였다. 황제야말로 이 시대에 몇 안 되는 외교 전문가라 할 수 있기에 당연한 반응이었다.

"그리고 당분간 독일 제국을 확실한 동맹국으로 잡아야 할 겁니다. 작금의 국제 정세를 두고 판단해 보건대, 확실히 우리 편을 들어줄 나라는 독일밖에 없습니다. 프랑스는 지금 미적대고 있다 하나 결국 독일과 다른 길을 걷게 될 터. 결국 영국의 편을 들 가능성이 있습니다. 러시아도 마찬가지라 생각하옵니다."

민우의 첨언에 황제의 표정이 살짝 어두워졌다.

"그도 문제 아니오? 독일만이라면……."

"몇 년만 참으면 상황이 다시 변할 겁니다. 결국 서양에서 큰 다툼이 일어날 테고, 우린 그전까지 독일을 지렛대로 삼아 국력을 키워가다 서서히 중립 노선으로 바꿔야 할 것이옵니다."

이번엔 이상설이 안을 내놓았다. 그는 간도 관료들과 토론을 많이 해서인지 국제 정세에 대해 대단히 해박한 지식을 보유하게 되었다. 그의 말에 황제가 크게 고개를 끄덕였다. 마치 큰 깨달음이라도 얻은 듯이.

그런 후, 황제는 빙긋이 미소를 던졌다. 황제는 이상설에 대해 알면 알수록 괜찮은 관료라 생각했다. 자연스레 칭찬하는 횟수도 늘어갔다.

"허허, 좋은 의견이군. 보재는 앞으로 간도인 관료들과 더욱 자주 어울리며 많이 배우도록 하시오. 짐 또한 그러고 있으니."

"네, 폐하. 안 그래도 늘 그리하고 있나이다."

"허허, 그런가."

모두가 이상설을 좋아했다. 간도인이나 이 시대 인물들이나, 심지어 황제까지.

그런 면에서 이상설이야말로 가장 유망한 차기 정치 지도자로 떠오르고 있다 할 수 있었다.

황제는 미소를 거두고 다시 정색을 했다.

"군부대신, 내 첫 질문에 대한 답변을 듣고 싶소. 언제면 되겠소?"

오랜만에 느껴보는 황제의 카리스마였다. 아무래도 자신의 폐위와 이재완의 황제 등극 소식이 황제의 심기를 크게 건드린 모양이었다.

"폐하, 5년입니다. 5년만 시간을 주시면 적들을 모두 몰아내고, 매국노들도 모조리 잡아 처단하겠나이다."

"5년이라… 허허! 앞으로 갈 길이 멀구려. 하기야 아직도 전투가 끝난 게 아니니. 어떻소, 전장의 형편은?"

"적은 크게 피해를 입은 탓인지 이제 싸움도 거의 걸어오지 않고 있습니다. 곧 병력을 뒤로 물릴 것이라 예상하고 있사옵니다."

"그럼 곧 전투가 끝나겠구려."

"그렇습니다. 이제 곧 날씨도 추워지니 당분간 휴전 상태가 되지 않을까 예상하고 있습니다."

"아깝구려. 지금 전력이면 분명 놈들을 모두 격파할 수 있을 텐데……."

"폐하……."

"짐도 알고 있소. 아직 그럴 여력이 없다는 걸. 그저 짐의 바람이라 생각해 주구려."

"알겠습니다, 폐하."

"경들은 이제 나가서 쉬시구려. 그리고 의친왕과 법부
대신을 불러주시오. 이제 때가 되었으니 짐이 약속한 바
를 실행할 생각이오."

"아, 폐하. 그러면……."

"그렇소. 임시 헌법을 반포할 것이오. 아직 짐에게 국
가의 중대사를 처결할 명분이 있으니 짐의 이름으로 선포
하겠소. 이후 때가 무르익었다 판단하면 다시 백성들의
추인을 받아 정식 헌법을 만드시기 바라오."

"폐~하, 황은이 망극하나이다!"

이상설은 진심으로 감동하고 있었다. 권력을 스스로
내려놓은 권력자가 동서고금을 통틀어 얼마나 되겠는가.


*　　　　　*　　　　　*


장순택의 말대로 전장은 조금씩 정리되고 있었다.

무엇보다 홍범도 연대의 작전이 성공한 게 분수령이
되었다. 그 작전으로 반 토막이 난 일본군 14사단 병력
은 대동강 전선을 담당하던 6사단 소속 여단 병력과 더

불어 황해도 사리원으로 철수했다.

물론 대동강에서 사리원까지 여러 전초 부대들을 배치해 한국군이 남하할 경우 바로 대응할 수 있도록 했다.

다른 곳도 마찬가지였다.

평강 공략에 나섰던 부대는 철원으로 후퇴해 방어 진지를 만들기 시작했다. 원주 방면대 또한 여주로 후퇴했다.

한마디로 일본군 전체가 방어전으로 전략을 수정한 것이다.

이 모든 게 하세가와의 결정이었다. 그는 현재 상태로 전투를 지속하다 보면 결국 모든 병력을 잃게 될 것이란 판단을 내렸다.

그래서 피해가 더 축적되기 전에 병력을 훨씬 뒤쪽의 후방으로 물리고 단단히 방어 진지를 구축하라 명령한 것이다.

아울러 2개 사단이 더 증원되면 그 이후에 대본영과 상의해 전략을 다시 수정하기로 했다.

\*　　　\*　　　\*

요양은 형편이 더 안 좋았다. 김평석이 지휘하는 13연대는 배후의 적을 전멸시킨 후, 바로 다음 날 일본군의 측면을 기습했다.

그로 인해 포위망은 완전히 풀렸고, 일본군의 병력 규모 또한 현저히 줄어 매우 위태로운 상황이 되었다.

더구나 같이 작전을 펼쳐야 할 청군은 아무런 도움이 되지 못했다. 첫 역공에 당한 후, 한국군이 몇 번 더 공격을 하자 아예 병력을 뒤로 물려 버렸다.

결국 두 진영은 회담을 통해 포위망을 풀고 후퇴하기로 결정했다.

청군은 금주로 돌아가 그곳을 최후 방어선 삼아 한국군을 경계하기로 했다. 그러자 신민부에 임시로 설치된 동삼성 총독부도 금주로 이전했다.

물론 수많은 한족 유력자들도 그들을 따라 내려갔고, 주민들도 꽤 많은 수가 그 뒤를 쫓았다.

그 조치는 결국 청이 동삼성을 포기했다는 소문을 불러 일으켰다. 그도 그럴 게, 흑룡강과 길림은 간도 세력과 러시아 세력으로 인해 아예 아무런 통치 행위를 하지 못하고 있었다.

그런 상황에서 그나마 남아 있던 성경 지역마저 거의

대부분 포기하고 딸랑 금주부만 챙긴 꼴이 되었다. 그러니 세인들은 청이 동삼성을 사실상 포기했다고 판단할 수밖에 없었다.

일본군은 아예 관동주로 돌아가 버렸다. 한국군이 대규모로 밀고 내려오면 자칫하다 관동주까지 잃을 수 있기에 남만주 철도의 수비를 포기하고 당분간 관동주 방어에만 전념하기로 한 것이다.

그러나 두 전선에서 공통적으로 나타난 특이점은 한국군의 태도였다. 한국군은 적이 후퇴를 해도 멀뚱멀뚱 지켜보기만 했다. 아예 너희들이 후퇴하든 머무르든 상관하지 않겠다는 듯, 아무런 행동도 취하지 않았다.

하세가와는 이를 약간의 긍정적인 신호로 보았다.

"흠, 이로써 확실해졌군. 놈들은 당분간 남하하지 않고 영역을 지키는 데 전념하겠단 생각을 하고 있는 모양이네."

하세가와의 분석에 참모가 바로 답을 했다.

"확실히 그런 것 같습니다. 그전에도 그랬고. 분명 저들이 마음먹고 모든 전선에서 남하했으면 우린 저들을 막지 못했을 겁니다. 한성도 위험했을 테고."

"그렇지."

"만주에서도 같은 태도를 보이고 있다고 합니다. 요양을 경계로 더 이상 남하하지 않고 있습니다."

"다행이라 해야 하나. 그런데 부관, 저들이 지키고 있는 영역을 지도에 표시해 보게. 만주에서 반도까지 말이야."

그의 명령에 부관이 지도를 꺼내 오더니 선을 죽죽 그리기 시작했다.

하세가와는 고개를 크게 끄덕이더니 무릎을 쳤다.

"허허, 그랬어. 놈들은 아직 병력이 부족하다 느낀 게야. 그래서 방어선을 최소화하는 쪽으로 영역을 확보하고, 그 이상 넘지 않기로 결심한 모양이야. 방어선이 길어질수록 더 많은 병력이 필요할 테니까. 지도를 보니까 확실히 보이는군."

"하지만 남쪽은 조금 다르지 않습니까? 강동, 곡산, 평강, 원주, 제천, 삼척… 상당히 비효율적으로 보입니다만……."

"거긴 매우 험한 산악 지대 아닌가. 또 해산한 한국군 놈들이 활동하던 공간이고. 그쪽 방어선이 아무리 헐겁다 하나 지리에 밝은 폭도들이 득실대는 곳일세. 아무리 대군이라도 함부로 못 들어가지. 보급선을 유지하기도 어렵고, 적의 귀찮은 유격전을 계속 감내해야 하고."

"음, 그렇다면 모두가 이해됩니다. 하지만 놈들이 언제까지 그런 태도를 보일지······."

"후후, 병력을 충분히 모았다 판단되면 다시 싸움을 걸어오겠지. 그렇다면 우리도 시간을 번 셈 아닌가. 어차피 증원군이 온다 해도 저들을 처리하지 못할 터. 당분간 우리도 방어선을 든든하게 지키다 병력이 크게 확충되면 그때 적을 쓸어버리면 되겠지. 우리 일본이나 저들이나 당분간 군비 확충에 몰두하게 될 거고, 빨리 준비하는 쪽이 향후 유리한 고지에 오르게 되겠지."

"흠, 그게 좋을 것 같습니다. 그런데 문제는 대본영이 우리 전략을 따라줄지······."

"모르지. 아마도 날 해임시키지 않겠나? 적을 상대로 한 번도 이겨보지 못한 지휘관이 어떻게 살아남겠나. 하지만 난 이 사실을 꼭 전달했으면 하네. 방어선이 안정되는 대로 내 친서를 써줄 테니, 자네가 가서 대본영 간부들을 설득해 보게. 여기서 더 모험적인 전략을 구사하다 그게 실패하면 파국에 이를지도 모르니, 시간을 벌었을 때 착실히 다음 수를 준비하자고. 어차피 본국의 재정 형편이 말이 아니라 하니, 지금 상황에서 더 무리하기도 곤란할 터. 처음엔 그럴 수 없다고 버티겠지만, 곧 마지못해하는 척하며 우리 의견을 수용할 거네."

"네, 알겠습니다."

하세가와는 오랜만에 편안한 표정을 지었다. 물론 그의 군 경력은 이제 끝난 것이나 다름없었다. 전략을 바꾸자면 누군가 과거 전략의 실패에 대한 책임을 져야 하기 때문이다. 그 첫 번째 희생양은 당연히 하세가와가 될 것이다.

*　　　*　　　*

모든 전선에서 총성이 멎었지만, 새로 주차군으로 편성된 6사단의 1개 여단 병력은 여전히 삼남 지방을 돌아다니며 의병들을 공격하고 있었다.

그에 결국 견디다 못한 의병 부대들은 잇달아 해산을 선언했다. 그리고 해당 구성원들은 대부분 간도행을 서둘렀다.

어차피 향리로 돌아가 봐야 일제의 사후 보복이 뒤따를 터였다. 그리고 숨어 산다 한들 동네에 암세포처럼 퍼져 있는 일진회 놈들이나 현상금을 노린 마을 사람들에게 밀고를 당할 가능성이 컸다.

의병들은 이미 그런 일이 실제 일어나고 있다는 걸 인지하고 있었다.

그래서 의병에 참여했던 농민들은 믿을 만한 지인을 보내 가족들을 마을에서 빼냈다. 가족과 합류한 병사들은 대부분 간도로 들어갔다.

유림도 마찬가지였다. 어차피 소극적으로 참여하던 이들은 자신들이 의군을 도왔다는 사실을 대외적으로 알리지 않았다. 그래서 상당수가 눌러앉았다. 하지만 지도자로 활동했던 이들은 서둘러 가산을 정리, 들고 가기에 간편한 재물로 바꾼 후, 가족들을 이끌고 간도로 들어갔다.

이들의 간도행은 예전보다 훨씬 수월했다. 들어갈 수 있는 통로는 너무나 많고, 일본군 경계 지역만 넘어도 간도에 연고를 둔 한국군과 만날 수 있다. 또 그간 전쟁을 수행하며 만든 진지와 연락소가 곳곳에 있다 보니 이곳을 중간 기착지 삼아 어렵지 않게 먼 길을 떠날 수 있었다.

이로써 또다시 대규모 이주민이 간도로 들어오게 되었다. 특히 삼남 출신의 이주민이 이번 기회에 대거 합류했다. 덕분에 간도의 인적 자원은 더욱 풍부해졌다.

함경도와 평안도, 강원도 등 간도군이 점령한 지역 출신의 이주민 증가 현상도 지속적으로 나타나고 있었다. 더구나 이번 가을에 또다시 전투가 벌어지자 더욱더 많은 이들이 간도행을 서둘렀다.

이런 주민 이동 현상은 함경도와 평안도, 강원도 등지의 사회적 풍속도를 완전히 바꿔놓았다.

가장 먼저 고향을 등진 이는 노비였다. 친일 매국 행위를 한 공직자의 처단과 일본군 잔당의 토벌을 위해 투입된 군 병력들이 각 고을을 누비며 노비들을 모두 해방시켰다. 그리고 이들을 거의 반강제적으로 간도로 보냈다.

이미 한참 전에 황제가 노비제 폐지를 선언했건만, 이 조치가 모든 지역에서 실행된 건 아니었다. 이에 군인들이 들어와 노비 문서를 불태운 후 땅을 주겠으니 간도로 가라고 하자 노비들은 군말 없이 따랐다.

그다음엔 소작농과 영세 자영농들이 간도로 향했다. 그러다 보니 지주, 즉 향반들은 극심한 노동력 부족 현상에 시달리게 되었다. 결국 자신들의 힘으로 농사를 짓거나 노동력 면에서 여력이 있는 자영농에게 큰 대가를 약속하며 땅을 빌려주는 수밖에 없었다. 스스로 농사를 지어본 적이 없는 향반들은 후자를 택하거나, 그것도 힘들면 땅을 헐값에 팔 수밖에 없었다.

이런 현상이 나타나다 보니 전체적으로 백성들이 부유해지는 결과를 초래했다. 또 일반 백성들의 수입이 증가하자 상업도 활성화되었다.

그로 인해 한북주의 재정 형편은 급속도로 개선되었다. 일제에 빌붙어 수탈을 일삼던 지방관들을 모두 처벌하고 새로운 행정 수장이 임명되면서 백성들의 삶도 한결 나아졌다.

또한 세율도 무겁지 않게 책정되자 백성들은 양심적으로 세금을 납부했다. 더구나 지금 일본과 전쟁을 치르고 있기에 세금을 속이거나 떼먹는 행위를 나라를 배신하는 행위라 취급하는 풍토도 생겨났다. 아울러 세금 이외에 전쟁에 쓰라며 돈을 기부하는 백성들이 줄을 이었다.

한북주의 주지사 이범윤은 재정의 상당량을 간도의 중앙정부로 보냈다. 그리고 나머지 재원은 도로를 정비하거나 전신선을 부설하는 일 등의 사회 기반 시설 확충과 소학교의 설립에 활용했다.


겨울에 접어들고 전선이 안정되자 병사들은 교대로 장기 휴가를 즐기게 되었다. 마을로 돌아온 병사는 주민들의 따뜻한 환대를 받았다. 이 병사들의 입으로 전달된 전장 이야기는 증폭되고 윤색되어 수많은 전쟁 영웅을 탄생시켰다. 특히 신문들의 단골 기사가 되어 연일 지면에 수록되었다.

송강진의 용사들, 금의환향하다.
이병에서 참교로. 어느 병사의 병영 성공기.
천하무적 대한국군, 무위를 만방에 떨치다.

병사들의 인터뷰를 바탕으로 작성된 기사는 독자들을 크게 고무시켰다. 전쟁 이야기 자체가 흥미로운데다 아군의 영광스런 승리를 소재로 한 기사였기 때문이다. 이런 신문 기사 붐은 여러모로 긍정적인 효과를 가져왔다.

먼저 여러 신문들이 우후죽순 격으로 창간됐다는 점이다. 그사이 간도주보는 간도일보로 완전히 탈바꿈했다. 아울러 한성에서 올라온 언론인들이 서로 앞다퉈 신문을 발행하기 시작했다.

주민 교육 덕에 주민들 대부분이 한글을 읽을 수 있었다. 또한 주머니 사정이 풍족해져 신문을 구독할 이는 차고 넘쳤다. 신문이 대대적으로 발행되고, 구독자가 많다는 것은 주민들의 기본 소양 교육에도 도움이 되는 선순환 구조가 만들어졌다는 의미이기도 했다. 아울러 이 신문들을 읽으며 주민들의 애국심은 날로 커져만 갔다.

또한 관련 산업이 빠르게 성장하게 되었다. 인쇄와 제지, 유통업이 하루가 다르게 규모를 키워갔고, 그 덕분에 학교에서 쓰이는 각종 교재의 편찬 작업도 박차를 가할 수 있게 되었다. 특히 보부상 출신들이 대거 유통업에 뛰어들었다.

중앙정부도 덕을 크게 보고 있었다. 중앙정부의 정책을 광범위하게, 또 빠르게 백성들에게 전달할 수 있어서 좋았다. 아울러 백성들의 시민 의식을 일깨우는 데도 큰 도움이 되었다.

제10장

대단원

광무 10년(1906년) 12월 1일.

드디어 간도와 한북주를 뒤흔드는 이슈가 황제 명의로 발표되었다.


짐은 통치자의 지위에서 물러나고자 한다.

이제 나라의 주인은 백성이며, 모든 권력은 백성에게서 나오나니, 백성이 곧 하늘이라.

짐과 황실은 한낱 명목상으로 나라를 대표하는 자리로 물러날 것이로다. 이제 나랏일은 한없이 복잡해지고 수많은 지식이 들어와 이를 따라잡기도 벅찬 세상이 되었도다. 작금의 현실에서 어찌 통치자 한 사람이 한 나라의 운명을 결정하리오.

하여 아조의 건국이념이 그랬듯 초심으로 돌아가 짐도 백성을 섬길 것이며, 백성에게 권력을 돌려주기로 했노라.

……(중략)…….

이에 임시 헌법과 여러 임시 법률을 반포하노라.


황제는 입헌군주제로 이행할 것을 선언했다. 아울러 임시 헌법 속에 추진 일정도 담았다.

비상시국인 바, 현 내각을 10년간 현 상태로 유지할 것, 현 내각의 수장에 대해 5년 이후 재평가해 교체 여부를 결정할 것, 또 임시 의회로서 중추원을 재편할 것, 10년이 지나면 국민 총선을 통해 제헌 의회를 구성하고 정식 헌법을 제정한다는 내용 등을 담았다.

아울러 행정부의 수장인 참정대신을 총리대신으로 이름을 바꾸며, 총리대신은 국정의 주재자로서 역할을 하되 국가의 중대사, 즉 외교와 국방에 관련된 분야만큼은 중추원과 황실의 추인을 받도록 했다.

또한 사법부의 독립도 천명했다. 일단 10년의 유예기간 동안 황실에서 사법부를 운영하기로 했고, 이후 사법부를 완전히 독립시키겠다고 했다.

황제의 선언과 달리 황실이 완전히 국가권력에서 배제된 것은 아니었으나, 그조차 10년의 유예기간으로 한정시켰다.

그리고 가장 중요한 국민의 기본권과 의무에 대한 것도 천명했다. 하지만 아직 비상시국이라 제한된 자유와 권리를 부여했다.

정치, 집회, 결사의 자유도 부분 제한을 두었고, 언론의 자유도 마찬가지였다.

21세기 관점에서 보면 여전히 비민주적 속성이 남아 있는 임시헌법이었으나 이제 초보 근대국가로서 발걸음을 뗀 대한제국의 형편을 고려하면 대단히 진보적인 내용을 담고 있었다.

이러한 간도의 소식은 한성에도 들어갔다. 일제의 어마어마한 감시망 속에서도 한성에 남아 있던 지식인들은 간도에서 발행된 신문을 몰래 들여와 돌려 읽으며 간도와 정보를 공유했다.

그 소식에 고무된 잔류 지식인들의 상당수가 또다시 간도로 발길을 옮긴 건 어쩌면 당연한 일이었다.

황제의 임시 헌법 선포에 이어 총리대신 태진훈의 명

의로 '신산업의 민간 위임에 관한 법률'도 발표되었다.

그간 생산 기술이 축적되고 숙련된 노동자도 꽤 많이 배출된 부문을 중심으로 민간에 기술을 이양함과 더불어 정부에서 금융 지원을 하겠다는 내용이었다.

제지와 인쇄, 비누, 요업, 시멘트 등은 물론, 방적, 제사, 염색 등 의류산업, 소비재 위주의 군납 관련 분야 등을 먼저 민간에 풀어놓기로 한 것이다.

아울러 광산업에 대한 규제도 풀었다. 원칙적으로 모든 광산은 국가 소유고 국가만이 채굴권을 갖고 있었으나 금광과 은광을 제외한 모든 광산의 개발권을 민간에 이양했다.

물론 광산의 위치 정보나 개발 기술 등을 정부에서 제공해 주기 때문에 광산의 지분을 민간과 국가가 공유하기로 했다. 더구나 현재 광산 모두가 국유지에 속해 있기 때문에 정부의 지분이 더 클 수밖에 없었다.

이 정책들의 혜택을 받을 이들은 아무래도 자산가들일 수밖에 없었다. 간도에 들어온 이들 중에도 부자도 꽤 많았다.

이회영 가문처럼 이들은 대개 나라를 위해 가산을 정리하고 온 이들이라, 대의명분에 충실한 인사들이었다.

일신의 안위만을 챙기는 부자들이라면 재산을 들고 간도로 올 리가 만무했다. 어쨌든 이렇게 양심적인 자산가가 많다는 점은 나라의 미래를 위해 좋은 일이었다.

또 화룡과 용정, 연길 등지의 상인 집단도 대상이 되었다. 이들은 공동출자 방식으로 신청서를 냈다.

정부는 이들에게 제국은행을 통해 자금의 일부를 대출해 주었고, 정부가 관리하는 공장에서 공무원 신분으로 일하던 기술자들도 파견해 주었다. 그리고 기술자들 중 사업을 하고 싶은 이들에게 자금을 대주어 회사를 설립하게 했다.

물론 당장에 성공 사례가 나오기는 힘들었다. 하지만 훗날 소비재 생산 시설부터 민영으로 바꿀 계획이란 정부의 발표가 있자 정책에 부응하는 이도 조금씩 나오기 시작했다.

이와 더불어 기업 운영 규칙도 제정되어 나왔다. 최저임금제가 도입되었고, 근로시간에도 제한을 두었다. 아울러 기술 이양의 대가로 정부 측이 일정량의 지분을 챙길 것이라 했다. 훗날 자본가의 전횡을 방지하고자 이런 제도를 도입한 것이다.

군에도 부분적으로 변화가 찾아왔다. 임시 기구였던

총사령부를 합동참모부로 바꿨고, 장순택이 초대 합참의
장으로 임명되었다. 육군 참모총장은 김기륭이 맡았다.
그리고 공석이 된 한반도 전선의 야전 사령관은 김두성이
차지했다. 그 덕분에 이기표가 8사단장에 취임하게 되었
다. 또한 공군과 해군도 정식으로 창군식을 열고 군 조직
을 출범시켰다.

해병대는 2개 사단 체제로 덩치가 부쩍 커졌고, 육군
의 아홉 번째 사단—직업군인으로서 마지막 사단—도 얼
마 지나지 않아 창설되었다. 당초 계획대로 사단장은 이
동휘 소장이 맡게 되었다.

이후 재정과 보급 여력이 확충되면 징병제로 전환하기
로 했다. 또 그때까지 기존 사단의 병력들을 대상으로 장
교와 부사관 교육을 실시해 향후 병력이 급속도로 불어날
때를 대비하기로 했다. 한마디로 기존의 모든 병력들을
군 간부로 육성하기로 결정한 것이다.

그리고 새로 확보한 영토의 평정 임무를 마친 7사단
병력은 무장 치안대가 배치되기 시작되자 서쪽으로 이동,
무순에 주둔지를 만들고, 서부 전선의 예비대 역할을 맡
기로 했다.

새로 창설된 제9사단 병력 또한 평안남도 양덕군에 사

령부를 두어 남쪽 전선의 예비대가 되었다. 이런 진전 덕분에 병사들은 일본과 대치하는 와중에도 중간 중간 부족하나마 휴식을 취할 수 있게 되었다.

이듬해 봄, 광무 11년(1907년) 4월 30일.

이제 간도를 꽁꽁 얼어붙게 만들었던 동장군이 완전히 물러났다. 하지만 여전히 쌀쌀한 날씨. 간도를 떠들썩하게 만든 또 하나의 이벤트가 열렸다.

드디어 이날 황립 화룡대학교가 개교했다. 국립대학교보다 먼저 개설되어 모양새가 이상하게 되었지만, 대학 교육이 정식으로 시작되었기에 모두들 기뻐했고, 대학의 설립을 위해 황실 자금을 대준 황제를 모두가 칭송했다.

학부는 크게 일곱 가지로 나뉘었는데, 인문학부, 사회학부, 법학부, 유학부, 의학부, 공학부와 자연과학부였다. 특이한 건 유학부였다. 엄연히 유학도 인문학부에 들어가야 했으나 유림들의 요구로 이렇게 분리된 것이었다.

간도에 유림들이 많이 들어와 목소리가 커진데다 조선왕조 500년 동안 축적된, 학문적인 성과를 보전할 필요가 있다는 의견이 있어 그렇게 결정한 것이다.

그 대신 유학대학의 학장은 박은식이 맡기로 했다. 양

명학에 조예가 깊은 그는 유림의 파벌 중에서 소수파에 속했다. 하지만 기존 조선 후기 성리학의 폐단을 알고 있고, 강경한 위정척사 이념을 내세운 화서학파 또한 유학을 쇄신할 수 없다고 판단한 간도인들은 이 파벌들 중에서 유학의 대표격인 인물이 나오는 걸 원치 않았다.

학생 수는 공학부와 자연과학부가 월등히 많았다. 워낙 이쪽 분야의 인재 양성이 시급했기 때문이다.

교수진은 주로 간도인들이 맡았지만, 인문학부의 경우에는 신채호와 주시경, 지석영, 박은식 등 이 시대의 대표적인 지식인들에게 교수직의 일부를 할애했다. 이들에게 약식으로 학위논문을 쓰게 한 다음, 박사 학위를 수여하고 교수로 임명했다.

그리고 2년제 사범학교도 여러 개가 더 신설되었다. 이 대학에서 초등교육 교사 자원이 배출되게 되면 소학교가 우후죽순처럼 생겨나게 될 터였다. 물론 그때까지의 교육 공백은 현재 운영 중인 몇 개의 소학교와 개인들이 세운 학당들이 메워줄 것이다.

아울러 1년 후를 목표로 다양한 부문의 2년제 전문학교도 설립하기로 했다. 후세의 전문대라 할 수 있는데, 광무학교, 공업 전문학교, 상업 전문학교, 철도학교, 세

무학교 등이 설립될 예정이었다.

중등교육 또한 기술학교—정식 명칭은 고등 기술학교—가 공장 지대를 중심으로 개설되어 이공계 쪽의 인재를 양성하고 있었고, 두 개의 정식 중고등학교—중학교와 고등학교 과정을 통합해 4년제—도 개교를 앞두고 있었다.

이날 밤, 황립대학교의 개교식이 끝나자 정부의 고위급 관료들이 삼삼오오 태진훈의 자택으로 모여들었다.

"여러분, 벌써 2주년입니다. 그 절망스럽던 미래 시대에서 이리로 넘어온 지 오늘로 꼭 2년. 그간의 노고를 스스로 위로하며 같이 건배합시다."

태진훈의 건배사가 끝나자 사람들은 힘차게 건배를 외친 뒤, 술을 입에 털어 넣었다. 이어진 화기애애한 술자리.

"하하, 2년이 꼭 20년이 된 느낌입니다."

"그러게 말입니다."

"벌써 2년? 허허, 시간이라는 게 묘하네요. 온갖 일에 치여 살다 보니 시간이 참으로 안 간다 느꼈는데, 다시 돌이켜 보면 정신없이 빨리 지난 것 같기도 하고."

"그나저나 우리 진짜 잘한 걸까요?"

"후후, 모르죠. 일단 최선을 다했으니 후회는 하지 맙시다."

이 자리에 모인 이들은 모두가 간도인들이었다. 예전엔 도래인이라 불렸던 이들, 시대의 망명객들이었다.

오늘 이 자리에는 정부 고위급 관료들만 모였지만, 연구소나 공단, 군에서도 몇몇이 모여 이런 자리를 마련하고 있으리라.

오늘은 아무 생각 없이 그저 술만 마시고 싶었으리라.

하지만 술이 들어가니 이들은 또다시 삼삼오오 모여 나라 걱정을 할 수밖에 없었다.

"5년이면 정말 가능할까? 남쪽의 왜놈들 몰아내는 거?"

윤희가 먼저 서두를 꺼냈다.

"가능할 거다. 생각보다 왜놈들 전력이 강하지 않았다는 것도 확인됐고."

민우의 말에 준태도 고개를 끄덕였다.

"그러고 보니 참 놀라운 일의 연속이었어. 벌써 이 정도에 이를 줄은 꿈에도 몰랐지."

"후후, 다 우리 잘난 어르신들 덕분이지."

"어르신?"

"이 시대의 위인들 말이야."

"하하, 맞아. 그분들이 대거 합류하면서 진도가 팍팍 나가기 시작했지."

"말이 나와서 하는 얘긴데… 어때, 그분들? 발탁될 인사들 좀 챙겼어?"

감사원의 감찰국장을 맡고 있는 윤희는 다시 자신의 관심사도 챙기기 시작했다.

"응. 좀 있다 명단을 넘겨줄게."

정보국을 맡고 있는 민우는 간도로 들어온 수많은 유명 인사들과 어울리며 그들을 평가하고 있었다. 역사적으로 검증된 인물은 이미 발탁해 쓰고 있는 상황이었다.

하지만 기록이 모호해 행적이 뚜렷하지 않은 인물들, 예를 들어 연해주에서 독립운동 조직에 있던 이들 중 기록에 반짝 나타났다 이후 행적이 묘연한 이들은 민우가 직접 어울리며 검증 작업을 진행하고 있었다.

"그래? 도산 안창호 선생은 어떻게 됐어?"

"일단 외부에서 일을 하기로 했어. 미주 지역 담당 과장으로 임명될 거야."

"음, 그렇군."

이들 인사들 중 일부는 중앙정부나 간도 주정부에서 공직을 얻게 되었다. 그리고 또 일부는 지방 행정기관, 특히 군수로 등용될 예정이었다.

"아무튼 정말 다행이다. 인재풀이 점점 차오르고 있어서."

"나야 검증해서 보고서를 올리면 그만이지만, 나머지는 네 몫이다. 분명 이들 중에 초심을 잃고 부패하는 이들도 나올 테니까."

"크크, 알았어."

윤희가 흰 이를 모두 드러내며 활짝 웃었다. 눈동자엔 장난기도 그득했다. 오랜만에 삼총사가 모여 술자리를 하니 기분이 업된 모양이었다. 얼굴에 살짝 취기까지 올라 있었다.

물끄러미 그녀의 얼굴을 바라보던 민우의 얼굴이 이내 붉게 물들었다. 민우는 고개를 흔들어 정신을 깨우더니 다시 예전의 그로 돌아갔다.

"에구, 저런 모습 보면 당최 믿음이 안 가요."

"뭐야! 나 아직도 못 믿어? 나 한윤희야!"

윤희는 손을 활짝 펴서 민우의 등을 팡팡! 두드렸다.

"너, 없던 병 생겼다~ 쟤 왜 저래?"

민우는 익살맞게 웃으며 한윤희에게 손가락질을 했다.

한윤희는 민우의 손가락을 잡아 꺾었다.

"아야!"

"어디서 손가락질이야! 이 인간! 오랜만에 교육 좀 시켜야겠어. 어째 이렇게 사람이 변하는 게 없냐?"

"뭐가!"

"하여간."

준태는 둘을 바라보며 미소를 지었다.

"그러고 보니, 우리들 모두 결혼할 때가 되지 않았냐?"

"어머!"

"뭔 소리래? 난 당분간 안 할란다. 조국이 풍전등화의 위기에 빠졌는데 어떻게 내가 한가하게… 헉!"

결국 윤희의 주먹이 민우의 옆구리에 작렬하고야 말았다.


일과가 모두 끝났어도 이상설의 집무실엔 여전히 불이 들어와 있었다. 간도 주지사 업무를 맡은 이후 내내 이랬다. 중앙정부가 출범하며 쓸 만한 인력들은 모두 거기로 옮겨가는 바람에 간도 주정부의 관리들을 대부분 새롭게 등용해야 했다. 더구나 이제 지방의 행정망을 조금씩 갖추기 시작한 때라 그의 업무는 끝이 없었다. 새로운 정책을 개발할 여지도 없었다. 그저 행정 공백을 메우는 일이 급했다.

그런 그의 집무실로 김구와 신채호, 이회영, 이시영, 정재관, 최병주, 현상건, 이학균 등이 찾아왔다. 친구인 이회영과 최병주의 손에는 술병과 안주가 들려 있었다.

"이보시오, 보재. 좀 쉬면서 일하시오. 그러다 건강을 잃기라도 하면 어찌하려고."

"허허, 그래, 내 일을 방해하러 다들 이리 납시었나?"

이상설은 사람들과 일일이 눈인사를 나누었다.

"그런데 웬 술인가?"

"하하, 저들 도래인들이 자기들끼리 모여 잔치를 벌이고 있기에 우리도 그래 보자 하고 가져왔지."

최병주가 활짝 웃으며 술병을 들어 보인다. 그는 궁내부 대신이라 늘 황제를 지근거리에서 보좌하는 이였다.

"허허허. 그래, 오늘이 2주년이라지?"

"그럴 걸세. 내가 계산해 보니 그렇더군. 우릴 따돌린 게 괘씸하긴 하지만, 저들의 과거를 알고 나니 능히 이해가 가네. 오늘 하루 정도는 저들끼리 어울리는 것도 좋은 일이겠지."

"맞습니다. 전 의형의 비밀을 알고 나서 정말 깜짝 놀랐습니다. 세상에 어떻게 이런 일이 있나… 하고 말입니다."

정재관은 대선배들 앞이라 정중한 말투로 대화에 끼어들었다.

"허허, 저들은 아직도 우리가 자신들의 비밀을 모르는 줄 아는 모양일세. 물론 고 국장 빼고."

"하하하, 그러게 말이야. 말이 되는 소리를 해야지. 우리가 바보가 아닌 이상 그렇게 엉터리로 지어낸 얘길 믿을 줄 알았던 모양이지?"

이회영의 입가에 한껏 미소가 감돌았다.

"그래도 너무 기특하지 않소?"

"맞소. 그러니 믿을 만한 사람들이지."

현상건도 만면에 웃음을 머금고 대화에 끼어들었다.

놀랍게도 이들은 간도인의 출신 내력을 이미 낱낱이 꿰고 있었다. 지상 최대의 비밀이라며 모두가 가슴 깊이 묻어두기로 했던 얘기였다.

"역시… 단재는 참으로 총명해."

"아, 아닙니다, 제가 무슨. 그저 자료를 읽다 몇 가지

오류를 발견하고 시기별로 한 번 꿰어 맞춰본 것뿐입니다."

꼼꼼하고 날카로운 지성의 소유자인 단재 신채호는 미친 듯이 간도 도서관의 책들을 섭렵하다 간도인들이 미처 지우지 못한, 미래 연도가 적힌 기록을 발견하게 되었다. 그 일로 단재의 비밀 파헤치기가 시작된 것이었다.

"후후, 단재도 그렇지만, 정재관 독리가 과감히 고 국장을 윽박지르지 않았나. 우리 사이에 계속 비밀이 남아 있으면 결별하겠다고. 속에 감추는 게 그렇게 많아서 어떻게 같이 일하냐고. 게다가 단재까지 나서서 증거를 들이대니 고 국장도 꼼짝 못했지."

그 자리에 함께했던 이상설 또한 익살맞게 웃었다.

"아깝네. 그때 고 국장 표정을 나도 봤어야 했는데……."

"그러게나 말일세."

이회영과 최병주는 진짜 아쉽다는 표정을 지었다.

"역시 술안주는 남 흠집 내는 게 최고지. 간만에 기분이 좋네그려."

"하하하! 오늘은 술안주로 돼지 대신 고 국장을 잡는 날이로군."

"하여간 고 국장… 이제 우리에게 완전히 약점 잡혔어. 비밀을 발설한 걸 아무에게도 말하지 말아달라고 싹싹 빌지 않았나."

"허허, 고 국장에게 그런 면이 있을 줄 누가 알았겠나. 역시 우리 후손이 맞네그려. 꼭 어린애 같더라니까?"

사실 술안주 삼아 이렇게 가볍게 얘기하지만, 이들은 민우의 긴 설명을 듣고 모두가 그 자리에서 통곡을 했다. 이 나라의 비극적인 운명과 천인공노할 매국노들의 만행을 알고 나니 극도로 슬픔과 분노의 감정이 교차한 것이다. 이들은 슬퍼서 울고, 분노해서 울었다.

당시 그 이야기를 하던 민우의 눈에도 눈물이 서려 있었다. 그는 슬퍼할 틈도 없었다. 감정은 사치라며 미친 듯이 일만 해왔던 민우도 이 시대 위인들의 태도에 갑자기 감정이 풀어진 모양이었다.

이들은 오히려 도래인의 비밀을 알게 되자 더욱 그들을 신뢰하게 되었다. 또한 이들이 행한, 이해하지 못할 결정도 모두 진심으로 받아들이게 되었다. 왜 이들은 더욱 더 나라를 곪게 내버려 두는지, 왜 아직도 매국노들을 처단하지 않고 지켜보기만 하는지 모두 이해하게 되었다.

그리고 민우가 건네준 근현대사 책을 돌려 읽으며 자

신의 주변 인물들이 어떻게 타락하고 어떻게 분열해 갔는지, 또 나라의 암적인 존재를 도려내지 않으면 어떤 결과가 초래되는지 모두 알게 되었다.

"이래서 역사가 무섭다는 걸 다시 한 번 느꼈지. 만약 내가 까딱 잘못 판단해 변절을 했다면… 어휴, 생각만 해도 끔찍해."

"어쨌든 그때 이야기한 대로 우리만 아는 걸로 합시다. 저들은 이 자리에 있는 우리 모두를 가장 신뢰하고 있다고 하지 않았소? 그러니 우리만 아는 걸로 합시다. 더 발설하지도 말고. 저들의 과거에 대한 건 영원히 묻혀야 하오. 저들의 업적만 기록하고, 출신이나 성장 배경은 우리가 모두 거짓으로라도 지어 만들어줍시다. 이게 저들의 노고에 대한 우리의 작은 보답이 아니겠소?"

현상건은 다시 한 번 좌중들의 다짐을 받았다. 모두들 이미 사전에 나눈 얘기였다.

"그런데 보재, 자네 정말 몸조심해야 하네. 얼마 지나지 않아 큰 병으로 죽는다고 하지 않았나?"

"허허, 그거야 마음의 병이니 그랬겠지. 지금 어디 마음의 병이 걸릴 틈이 있던가. 이리 즐겁고 행복한데."

"허허, 하기야!"

"그리고 김 국장, 자네는 미래의 동량이 될 인물이니 더욱 열심히 갈고닦게나."

"아, 아닙니다. 그거야 여러 어르신들이 없어서… 제가… 허허, 그리고 보니 일어나지도 않은 일입니다. 그 일로 자꾸 절 높게 보시니 몸 둘 바를 모르겠습니다."

이상설의 격려에 김구가 쩔쩔맸다. 얼굴도 벌게져 있었다.

이들은 자신의 운명을 모두 알았다. 옥중에서 죽게 될 이회영 선생도, 해방된 조국에서 암살을 당할 운명인 김구도… 모두들 진실을 알게 되었다.

참으로 묘한 일이었다. 하지만 그로 인해 이들은 더욱 서로를 존중하게 되었다. 끝끝내 자신의 신념을 잃지 않은 자신들을 서로 인정하게 된 것이다.

"그런데 궁내부 대신은 어찌할 생각이오? 폐하께 알리시겠소?"

이학균의 질문에 최병주는 잠시 생각에 잠겼다가 곧 고개를 천천히 가로 저었다.

"아니오. 이 일은 적게 알수록 좋은 일입니다. 아무리 폐하라 하나……. 혹시 모르지요, 폐하도 이미 알고 계실지도."

"허허허, 그럴 수도 있겠소. 그렇다면 폐하도 모른 척하고 계시는 모양이외다."

이상설의 말이 끝나자 모두들 파안대소를 터트렸다.

에필로그

몇 달 후, 일본의 증원군 2개 사단이 다시 한반도에 배치되었다. 그러나 일본군은 쉽사리 전투에 나서지 못했다.

가끔 대본영의 재촉이 있을 때마다 전선을 두들겨 보곤 했지만, 한국군 진지가 워낙 단단해 아무런 소득이 없었다. 소득이 없는 만큼 피해도 컸다.

결국 유야무야 휴전 상태로 세월을 보내게 되었다.

하지만 이는 양국의 속셈과 이해관계가 일치해서 일어난 결과였다. 간도 쪽도 그렇고, 일본도 더 이상 전투를 이어갈 힘이 없었다.

일본은 휴전 상태가 아니라 교전 중이라는 왜곡된 정보를 민간에 퍼트려 정부의 과실을 덮고자 했으며, 동시에 국민들에게 세금을 뜯어낼 명분으로 삼았다.

파탄 난 재정이 빨리 복구되어야 앞으로 제대로 된 전쟁을 수행할 수 있기 때문이다. 그래서 관동주 또한 남만주 일대에서 모든 활동을 멈추고 관동주의 경략과 수비에만 힘썼다.

하지만 모든 게 일본의 뜻대로 흘러간 건 아니었다. 특히 한국을 병합하는 일이 그랬다.

이들은 1907년에 자신들이 세운 괴뢰 황제를 윽박질러 병합을 하려 했다. 그리고 그에 앞서 여러 나라에 의중을 타진했는데, 뜻밖에도 영국은 물론, 미국도 반대를 했다.

명분이 없다는 이유에서였다. 전 황제가 버젓이 간도에서 활동하고 있고, 세력 또한 강성한데 자신들이 어떻게 한일 병합을 승인하겠냐는 것이다.

한마디로 간도 세력을 모두 평정한 후에야 가능하다는 반응을 보였다. 결국 한일 병합 건도 유야무야되었다.

그에 일본은 당장 합병을 포기하는 대신 법률을 일본에 완전히 유리하게 바꿔 엄청난 속도로 재원을 수탈해

갔다. 공식적으로 합병만 미뤄진 것이지, 일군 장악 지역은 합병된 것과 다름없었다.

물론 그 때문에 또다시 수많은 유민이 발생했다. 당연히 일제는 유민의 간도행을 막고자 노력했다. 그러나 유민들이 빠져나갈 곳은 곳곳에 널려 있어 아무런 효과가 없었다.

그사이 청나라는 더욱더 국력이 약화되어 갔다. 실제적으로 만주를 잃은 셈이 되자 민심은 더욱 나빠졌다. 더구나 한 줌도 안 된다는 한국의 반란군 세력에게 패배했다는 소문이 퍼지자 여론은 더욱 악화되었다.

그런 와중에 서태후가 입헌군주제 개혁에 미적지근한 반응을 보이는 바람에 한족 자본가들, 즉 온건파의 지지마저 잃은 게 큰 화근이 되었다.

이제 청나라는 혁명의 기운이 완연해지고 있었다. 역사 속의 신해혁명이 머지않은 것이다.

그에 반해 대한제국은 해가 갈수록 국력이 튼실해지고 있었다. 모든 기초산업이 착근을 했고, 사회 기반 시설, 즉 에너지와 교통 통신망 등이 자리를 잡아가자 산업과 경제의 발전 속도는 더욱 빨라졌다.

석유의 채굴이 시작됨과 더불어 정유 산업도 싹을 틔

웠고, 이로 인해 연료 공급이 시작되자 전투기와 차량, 전함 생산 시설도 조금씩 갖춰 나가기 시작했다. 대부분의 재래식 무기도 완벽히 기술 재현에 성공했다. 또 각 산업을 받쳐 줄 인재들도 꾸준히 배출되었다.

거기에다 러시아와 독일을 상대로 한 무역이 본격화되면서 간도의 우수한 소비재 생산품, 즉 시대를 앞서 나가는 제품들을 팔아 막대한 재원을 벌어들이기 시작했다.

특히 제약 분야의 약진이 놀라울 정도였다. 항생제를 비롯한 각종 약품들—역사 속에서 선보일 약품을 순서대로 조금씩 내놓았다—은 금과 다른 없는 가격으로 팔려 나갔다.

초보적인 약품 몇 종은 특허료를 받고 생산기술을 독일에 전수해 주기도 했다. 덕분에 독일은 실제 역사보다 더욱 빠르게 강성해지고 있었다. 물론 그에 대한 대가로 한국에 전함 두 척을 제공해 주기도 했다.

그렇게 5년, 황제에게 약속한 5년이 흐르자 간도는 서서히 기지개를 켜기 시작했다. 일본으로부터 나포한 함선과 독일에서 구매한 함선, 자체 제작한 소형 함선 모두에 이 시대 기준에서 비대칭적인 막강한 무기를 탑재했다.

비록 함대의 규모가 크지 못해 적 영토를 공격하지는

못하더라도 일본 해군을 괴롭히거나 연안을 방어할 정도의 규모를 갖추었다. 더욱 고무적인 일은 공군의 형태가 초보적이나마 갖춰졌다는 점이다.

아직 대량생산은 못하지만, 조금씩 생산된 전투기들이 벌써 100여 대나 되었다. 급하면 언제든 전선에 투입할 수 있게 된 것이다.

그리고 이제 한일 두 나라의 운명, 아니, 세계사의 흐름을 바꿀 전쟁이 시작되려 했다.

광무 16년(1912년) 1월의 일이었다.


〈『간도진위대』 完〉

## 작가의 말

솔직히 시작해서는 안 될 일이었습니다.

경험도 없고 개인적인 상황도 여의치 않은데다 그다지 재능도 없는… 걸음마도 해보지 못했는데 뛰기 시작한 꼴이었습니다.

다만, 제가 갖고 있는 사료가 묻히는 게 안타까워, 새로운 역사적 사실이나마 독자들과 공유하고 싶어 시작한 일이었습니다. 한마디로 의욕만 앞섰던 거죠.

제 본업 때문에 계속 일정한 속도로 연재를 한다는 게 너무 힘든 일이었습니다. 덕분에 악마의 출판 주기란 별명도 들었고, 출판사와 독자에게 죄를 지은 것 같아 자책도 많이 했습니다.

이 점, 이 지면을 빌여 다시 한 번 사과드립니다.

간도전위대를 처음 구상했을 때와 비교하면 1부 완결편까지 내놓은 분량은 전체 스토리의 절반 정도에 해당되는 것이었습니다.

이후 이어지는 스토리는 이쪽 분야에 경험 많은 독자라면 능히 상상할 수 있을 겁니다. 그래서 일단 이쯤에서 마무리를 지었습니다.

앞으로 후속편을 낼지 여부는 아직 결정하지 못했습니다. 출판 시장의 여건도 문제지만, 제 개인적인 작업 여건이 더 큰 문제가 될 것 같았습니다. 또, 그렇고 그런 스토리로 편수만 늘리는 것은 아닌지 저어되는 면도 있었습니다.

이 모든 점을 고려해 후속편의 작업 여부를 훗날 결정하게 될 겁니다.

이 점 독자 여러분께서 널리 해량해 주시길 바랍니다.


마지막으로 지금까지 꾸준히 읽어주신 독자 여러분과 뿔미디어 관계자분들께 깊은 감사의 인사를 드립니다.

# 간도진위대

1판 1쇄 찍음 2016년 1월 5일
1판 1쇄 펴냄 2016년 1월 11일

지은이 | 듀이 문
펴낸이 | 정 필
펴낸곳 | 도서출판 **뿔미디어**

편집장 | 이재권
기획 · 편집 | 문정흠

출판등록 | 2002년 9월 11일 (제081-1-132호)
주소 | 부천시 원미구 소향로 17번길 두성프라자 303호 (우) 14544
전화 | 032)651-6513 / 팩스 032)651-6094
E-mail | bbulmedia@hanmail.net

**값 8,000원**

ISBN 979-11-315-6754-8 04810
ISBN 978-89-6775-332-0 04810 (세트)